余の戦勝を称えるため、宮廷楽士たちに
新しい曲を作らせたから、その名前を授けてほしい——
という上奏文だ

えっと、それって…………
…………もしかして？
いったろ？　おべっかに長けた者が早速動き始める、と
すごい……本当に、もう……

お前も長生きしろ
え？

老後を余と過ごせるように健やかでいろ
――っ、はい！
俺はオードリーをまっすぐ見つめた。
オードリーは俺の視線に
少し驚き、戸惑った。

ノア様なら……きっとこうします

エヴリン
ノアが十三親王時代に最初に
地方代官に抜擢した元メイド。
現在はノア最初の封地であるアルメリアの
事実上トップになっている。

151 即興の後始末

天幕の中で、俺はヘンリーと向き合っていた。

ヘンリーは眉根をキツく寄せて、信じられないような顔で、俺との間に置かれている物をみつめていた。

執務机の上に置いたのは、俺が持ち帰ったエイラー・ヌーフの首。

首は急いで作らせた木の箱のなかに「とりあえず」入っている。

生首で悲鳴を上げるようなヤワな神経ではないが、それだけを机の上に置いておくのは気分がいいものでもないからだ。

「本物……でございますか？」

しばらくして、ヘンリーがおそるおそる、といった感じで聞いてきた。

「誰かよく知っている者に確認させるがいい。余もそれが知りたい」

「陛下も？」

「何しろ寝込みを襲って、それで成功してしまったのでな。面識もない。確信はあるが確証はない」

「……確認させます」

ヘンリーはそう言って、天幕のそとから部下を呼んだ。

入ってきた部下が俺達にそれぞれ一礼したあとに、ヘンリーは彼に耳打ちした。

部下は驚いた表情をしたが、ヘンリーに念押しされて慌てて外に駆けていった。

耳打ちだから内容は分からないが、まあ、「敵大将の首検分をする」なんて話のはずだから、その程度の驚きはむしろ軽い方だろう。

それからしばらく、ヘンリーは苦虫をかみつぶしたような顔のままだ。

何か言いたいことはあるようだが、何を言えばいいのか分からない、そんな顔をしている。

言えるようになるまで待とう、そう考えているうちに二人の若い男が天幕に入ってきた。

二人とも若く、一般兵の格好をしている。

「は、はじめて――」

「――ラインっていいます！」

二人が同時に口を開いたもんだから、綺麗にかぶってしまった。

あえて聞くまでもなく、二人の若者は盛大に緊張している感じで、それでこうなったのが分かる。

初めての謁見でのやらかし――そういう光景を幾度なく見てきたであろうヘンリーはとがめるでもなく、ちょっと噴きだしただけですませた。

しかしすぐに「御前」だということを思い出して、咳払いして慌てて取り繕った。

「楽にしろ。それよりもやってもらいたい事がある」

「は、はい！」

「なんでも言って下さい！」

二人はカチコチのまま、まるで棒でも飲んだかのように背筋をピンと伸ばして返事をした。そこはやはり初めてだから、作法などはまるでなっていないが、俺はもとよりヘンリーもその事は気にしなかった。

まったく言及することなく、ヘンリーは話を続けた。

「そこに首がある。その正体を確認しろ」

「は、はい」

「首……」

ヘンリーがぐいっと首の方にあごをしゃくった。

二人の兵士はおそるおそる首に近づいた。

ヘンリーの命令で、首の主（あるじ）を確認するため木箱の蓋を開けて、同時にのぞきこむ。

「こ、これは！」

「エイラー様⁉」

「……」

「……」

二人は盛大に驚いて、俺とヘンリーは互いを見て、軽いアイコンタクトを取った。

それからヘンリーは眉間をもんで、ため息をついた。

そして、二人に念押しの確認をする。

「間違いないか？」

「は、はい」

「間違いないです」

「そうか、ご苦労。下がって良し。この事は他言無用だ」

「「は、はい！」」

ヘンリーに気圧されて、二人はまた棒を飲んだように背筋をピンとさせた後、天幕から出ていった。

再び二人っきりになった天幕の中で、ヘンリーはもう一度深いため息をついた。

「本物のようですな……」

「そうだな」

「なんと申し上げるべきか……さすが陛下、いつもの如くおすごいと言うべきでしょうか」

「余も驚いている、まさか本当に成功するとはな、と。無論力は使ったが、その力がなくとも成功しそうなほど警備がゆるかったのだ」

「陛下はあの者を過大評価しておられた、ということですな」

「言うな、それでももう叱られている」

俺は微苦笑した。

暗殺に成功して、脱出した直後に愕然としているところに、バハムートに似たような事を言われている。

俺としては過大評価などしているつもりは微塵もないんだが、ヘンリーもバハムートにもそう見えているらしい。

「では、改めて申し上げます」

「うむ?」

「このような事は今後金輪際ひかえて、いえ、やめていただきたい」

ヘンリーは一旦言いかけた言葉を止めて、あえて強い言葉に言い換えた。

「それは陛下――皇帝の身が冒してよい危険ではございません」

「ああ、肝に銘じよう」

ヘイリーのそれは当たり前の指摘で、当たり前の諫言だった。

だから俺は素直に受け入れた。

「即興でつい踊ってみた、反省はしている」

「本来ならその『即興』という考え方にも一言申し上げるべきなのでしょうが……」

ヘンリーはまたまたため息をついた。

「まずは即興でそれが出来たことが陛下のすごいところ、でしょうな」

ヘンリーはそう言い、「そして」で話題を変えた。

「それほどにひどかった、ということなのでしょうな」

「そうだな。ヘンリーのことだ、殉葬の事も聞いているな?」

「はい」

ヘンリーははっきりと頷いた。

微かに笑みを浮かべていた。

「敵が自ら両腕をもいでくれたのです、兵を率いる者としては歓喜しましたな」

「その立場だとそうもなろう」

俺はそう言い、小さく頷いた。

「人は宝」の俺とはちがって、「敵軍の将」の立場なら喜ぶか罠を疑うかのどっちかだろう。

「一事が万事というのはこのような事を言うのだろうな。まあ、ひどいものだったよ」

だから「即興で踊った」と俺は締めくくった。

それを聞いたヘンリーはちょっとだけため息をついた。

「ならばもう何も申しあげません」

「助かる。さて、一つ頼まれてほしい」

「なんでしょう?」

ヘンリーは首をかしげて、訝しんだ。

「余は即興と言った、つまりあの瞬間まで余もこうするつもりはなかった。ただあまりにも簡単そうに見えたので、つい、な」

「そうですな……」

ヘンリーは簡潔に相づちだけうって、俺を見つめ続けた。

それが前提、本題は? という顔をしている。

「まえにヘンリーが『この力で暗殺できるのではないか』と聞いてきたとき、余はそれは出来ないと言った。が、その時伏せていた理由がもうひとつある」

「それは？」

「……オスカーだ」

「……？」

ヘンリーは首をかしげた。

何故オスカーがここで出てくる、って顔をした。

「帝都を発った後、残した者達からの報告によれば、オスカーは各所の予算を精査し、絞れるだけ絞ってこの親征のための予算を作っている」

「よいことではありませんか？」

「それ自体はな。だが、オスカーが今回なぜこうも協力的に変化した？」

「それは……」

ヘンリーはつぶやき、ハッとした顔で首の入った箱をみた。

「そうだ、こいつが『皇帝』を侮辱したからだ」

「陛下ではなく……『皇帝』を……」

「そうだ」

俺はヘンリーと見つめ合い、頷き合った。

「おそらくだが、オスカーはこいつを八つ裂きにしたいと思っているだろう。自分の手で、あるいは自分の命令で」

「なるほど……それを陛下が殺してしまった、と」

「そうだ。余が自ら手掛けたのだ。『皇帝』を侮辱する者を『皇帝』が成敗した。問題はないと言えばないが、あるといえばある」

「そうなります」

「そこで、だ」

「……はい」

ヘンリーは得心(とくしん)した。

ここから先が「一つ頼まれてほしい」の内容だと理解したからだ。

「通常、落城の前は兵らに○○日の略奪(りゃくだつ)を許す、といった命令を出すようだな?」

「はっ。将には後日恩賞がありますので必要ありませんが、兵はそれのために戦っているようなものです」

「実情にはそれほど明るくないから詳細は任せる、が、エイラー・ヌーフ一族の男はなるべく生け捕りにするように調節してほしい」

「……オスカーにやらせるのですな」

「そうだ。有力者まわりの捕虜(ほりょ)の処遇、もともと内務(オスカー)の領分だ」

帝国は「戦士の国」。

常に戦争をしていて、そのため捕虜の処遇についてはかなり体系化されている。

一般の捕虜はともかく、首謀者(しゅぼうしゃ)の一族など、「価値の高い」戦利品は一度帝都に送られることになる。

そしてそれの処遇を決めるのが内務大臣だ。

通常は内務大臣が部下と諮って、それを皇帝に上奏して認可を受ける形だが、よほどの事が無い限りこれに異を唱える皇帝はいままでいない。

そして、首謀者と血が繋(つな)がっている男は基本処刑される運命だ。

女は生かすことも多いが、男は生かしておけば、本人の意志関係なく新しい反乱の旗印にされたりするから、基本は処刑だ。

「敗戦の中、もとより戦死か捕まっての処刑しかないからな」

「それをオスカーをなだめるのに最大限利用するというわけですな」

「そうだ」

「やはり陛下はすごい、そこまで考えていましたか」

「即興の後始末だ、褒められたものではない」

「いえ、そういうことであればお任せを」

「できるか?」

「いかようにも」

「わかった。任せる」

「……さすが陛下でございます」

「うん？　今度はどうした」

「親征中……現場にいるのにもかかわらず細かい口出しは一切なさらず、任せて下さる」

「実情には明るくないからと言ったが」

「それでも口を出したがるものでございます。そしてそれが非常にこまったものです」

「……マイロ二世のことを知っているか？」

「はあ……帝国初期の三賢帝の一人、その二人目と数えられている方の事で？」

「ああ」

俺はそう言い、頷いた。

最近特に読むようになった歴史からそれを引っ張り出した。

「マイロ二世は確かに賢帝であった、が、何から何まで自分でやらないと気が済まず、皇帝なのに村長レベルの決定事項にまで目を通し、口を出していた」

「たしか……夜明け前に起きて深夜まで働いてらっしゃった、と」

「そうだ。そしてそれがたたってわずか七年の在位期間で崩御した。むろんその積み重ねが三人目のレオ帝にバトンタッチされ、帝国の第一次黄金期に繋がったのだから賢帝なのはまちがいない。ただ……余はそこまで太く短くは望んでいない」

だから任せられることは任せる、と言外に言った。

ヘンリーは「そうですか」と頷いて。

「歴史から学ばれる陛下はやはりすごいですな」

と、しめくくったのだった。

152

貴種流離ははじまらない

天幕の中、俺はアリーチェに手伝ってもらって、鎧を纏っていた。

出陣のための鎧姿に着替えていた。

「……ふっ」

「どうかなさいましたか？」

目の前で手伝ってくれてるアリーチェが、不思議そうに見あげて、聞いてきた。

身長差もあって、これくらいの至近距離だと自然と見あげる体勢になる。

そんな、上目遣いで不思議そうな彼女に対して。

「なに、もう一人でも身支度が出来るとは、口が裂けても言えないな、と思ったものでな」

「陛下は……」

アリーチェは不思議そうに小首を傾げた。

今は皇帝、そしてかつては親王。

そんな人間は自分で身支度はしない、と、俺との付き合いも長くなったアリーチェはなんだかんだでその事は知っている。

一方で、直接否定したり聞き直したりすることにためらいがある、ということからの反応だ。

俺はふっと笑った。

「余はいわゆるお忍びも多い、それでヘンリーにも怒られているくらいだ」

「あっ、そうでした！」

アリーチェはそれで納得してくれた。

お忍び中はさすがに自分で身支度をする、という理屈に納得してくれたみたいだ。

無論、本当はそういう話ではない。

俺はこう思ったのだ。

もう、前世の経験があるからといって、一人でも身支度ができるとは口が裂けても言えないな、と。


生まれ変わって、ノア・アララートになってから数十年。

人生の長さでいえば、もはやノアでいるときの方が長くなってしまったくらいだ。

前世の経験の感覚が薄れつつあり、ノアとしての自覚が強くなりつつある。

もう、一人で身支度するのも難しいなと、妙な感慨を覚えた。

ただ、実を言えばこの感覚になるのはこれで二回目だ。


「……昔、聞いたことがある」

俺はそういうことにして、アリーチェに話した。

「幼い頃は寒村で生まれ育って、すこし成長してから都に上京してきた青年が、いつの間にか都での人生の方が故郷よりも長くなって、それが感慨深い、という話を」

「分かります、私も――」

アリーチェは何かを言いかけて、ハッとして口をつぐんだ。

「ん？」

「あっ、な、なんでもありません！」

アリーチェは慌てた。目に見えてはっきりと赤面して慌てて否定した。

そして「陛下がいらっしゃる人生の方が長くなったなんて……」と消え入りそうな声でつぶやいた。

本人はごまかしたつもりだが、俺の耳はしっかりそれを拾った。

まあ、ごまかしたいのなら、聞かなかったことにしてやるのが優しさだろう。

俺はそのまま黙って、なにも言わずにいた。

アリーチェはすこし慌てたが、俺が黙っているとすぐに落ち着きを取り戻し、まるで貞淑な妻のようにかいがいしく俺の身支度をやってくれた。

しばらくして、天幕の外に人影が見えた。

「ヘンリーでございます」

「入れ」

鷹揚に応答してやると、天幕の入り口が開いて、完璧に身支度を整えてあるヘンリーが現われ、中に入ってきた。

ヘンリーは俺の前まで来て、慣れた感じで作法に則って一礼した。

「用意が整いました、陛下」

「うむ」

「場所はここから南西にまっすぐ行ったところ、はぐれた部隊が取り残されております。規模からして鎧袖一触でしょうか」

「わかった」

「しかし、なぜこのような事を？」

「うむ？」

俺は首をかしげ、ヘンリーを見た。

ヘンリーはと言えば俺以上に不思議そうな顔をしている。

「陛下のお考えがいまいち……大勢は決した、あとは掃討か平定──言葉の微妙なニュアンスの違いですが、そのような段階です」

「そうだな」

「なぜここで陛下がお出ましになる必要が？　しかも、オーダーは……」

ヘンリーはちらっとアリーチェを見た。

命令を下した俺だからよく分かる、ヘンリーは「女の前での俺のメンツ」に配慮してくれているのだ。

俺はあははと笑って、言った。

「一番弱い敵はどこか、だな」

「……はっ」

「せっかくだ、もうしばらく韜晦（とうかい）を続けようと思ってな」

「どういうことでしょう」

「俺は今回、親征してきたが特に何もしなかった。何もしないうちに終わった」

「……はっ」

ヘンリーは小さく頷（うなず）いた。

俺が「表向き」の話をしているのだということを、有能なヘンリーは意識を切り替えずとも分かる。

「何もしなかった皇帝が、終わった後に慌てて実績を積み上げに行った、という事にしておきたい」

「なるほど、まだごまかしが利く段階だから、とことん昼行灯（ひるあんどん）を演じてしまおう、ということですな」

「そういうことだ。だから『弱いものイジメになるくらい』の相手がベストだった」

「やはり陛下はすごいですな」

「そうか？」

「私はどうしても戦術でものを見てしまう。陛下のそれは『皇帝』という立場の演出――戦略でございます」

ヘンリーが俺を褒めた。

ヘンリーほどの男がかなり本気で俺を褒めたことに、だまって身支度をしていたアリーチェが聞いて、うっとりした尊敬の眼差(まなざ)しを向けてきた。

「ヘンリー」

「はっ……？」

「戦術と戦略に優劣や上下はない、手段——道具の差異という話にすぎない」

「……やはり陛下はおすごい」

ヘンリーは一瞬目を見開き、絶句するほど驚いたあと、一段と尊敬する眼差しを向けてきた。

☆

兵を率いて出陣した俺は、ヘンリーから——斥候(せっこう)から得た情報を元に進むと、四半日程度で孤立したという部隊をとらえた。

その部隊はいきなり現れた帝国兵相手に迷いを見せた。

徹底抗戦すべきか、それとも即座に逃げるべきか。

それさえも決めきれずに、迷っているのがありありと見えた。

俺はまったく迷わなかった。

敵影をとらえたのとほぼ同時に、皇帝の紋章をつくりながら、兵に突撃を命じた。

強い部隊を「うっかり倒して」しまうのがもっとも良くない。

皇帝の俺がここで命を落としてしまう、の次くらいに良くない事だ。

だから斥候には前もって、念入りに敵部隊の事を調べさせた。

結果、どう高く見積もっても孤立した弱兵、であることがわかった。

その部隊に向かって、俺は突撃をかけた。

ヘンリーの言うとおり、鎧袖一触だった。

突撃してぶつかった直後から潰走をはじめ、あとは背中を向けた敵兵を斬っていく、という形になった。

俺は容赦せず、乗ってきた馬上から敵兵を斬り続けた。

目の前に出てきた数少ない兵はもちろん斬ったが、それ以外でも、自分の兵が弱らせた敵兵も「横取り」するように斬った。

そうして「横取り」をしている間も、精霊による皇帝の紋章を維持することはやめない。

顔さえも知らない人間が、紋章と存在感で「皇帝」だと強く認識する、精霊を活用した力。

その力で、強く「皇帝」だと主張しながら斬った。

こうすることで皇帝の俺が戦場にいることを強く主張した。

瞬く間に敵部隊は文字通りの全滅となったが。

「敵部隊、全滅致しました」

「ごくろう」

報告する部隊長クラスの兵が、いちいち兵の手柄を横取りする俺に軽蔑の目を向けてきた。

こういう「せこい」話は、出所が敵よりも味方の方が信憑性が高まるもんだと、俺は狙い通りに行ったことに心の中で密かに満足した。

俺は馬上のまま、後始末をする兵達と、殲滅（せんめつ）した敵兵を眺めた。

ふと、一つ違和感を覚えた。

「妙だな……」

「なにがですか？」

一番近くにいる、部隊長の兵が俺の漏（も）らした言葉に反応した。

俺は答えずに、馬を引いて観察を続けながら、違和感の正体を言葉にする努力をした。

すこし考えて、うまく言葉に出来た。

降伏の気配がなかったのだ。

敵兵には徹底抗戦か逃走かの動きが見られた。

しかし、降伏の気配は一切（いっさい）なかった。

それが少し引っかかった。

もちろん俺は有無を言わさず殲滅するつもりで来ている、が、「俺の」都合なんて向こうは知るよしもないし、たとえ知っていたとしてもすがりたいと思うのが人情だ。

だのに、まったくと言っていいほど降伏の気配はなかった。

それがおかしい、引っかかる。

「陛下！」

一人の兵が走ってきた。

慌てて走ってきたせいか、息を切らせている。

「なんだ？」

「そ、妙なものを見つけてしまいました」

「妙なもの」

「はっ、その……なんと言うべきか」

報告にきた兵の顔は困惑に満ちていた。どう説明して、どう報告していいのか分からない、という顔だ。

「わかった、案内しろ」

「は、はい！」

困惑する兵に命じて、案内をさせた。

馬に乗って、他の兵が開けた花道のような道を進む。

進んだ先は敵部隊の中心部だった場所で、そこに少しばかりの物資があった。

物資の中に、一つ大きな木の箱があった。

「これです」

「これは……」

俺は馬から飛び降りて、木箱に向かっていった。

箱を開けると、中には――。

「……なるほど」

貴族の服を纏った一人の少年が、意識のない、しかし生きている状況で横たわっていた。

「どういうことでしょうか」

「ヤ、ヤツの息子だな。箱の中を確かめてみろ、血筋を証明出来る何かが入ってるはずだ」

俺が言うと、兵が箱の中、少年のまわりをくまなくチェックし始めた。

しばらくして――。

「すごい……あっ、ありました！」

箱の中をチェックしていた兵が、まるで宝物を掘り当てたかのように、文字の刻まれた金のプレートを高く掲げたのだった。

153 立法帝ノア

「……ふう」

俺は密かに、小さなため息をつきながら、兵から黄金のプレートを受け取った。

プレートには大まかに分けて上下二つの部分があった。

上の方は生まれた場所、日時、立ち会った人間の名前などが書き記されている。

下の方はステータスが記されていた。

ステータスには当然名前があり、名前の所は「チェスター・ヌーフ」とあった。

「この感じ……」

本物か、という言葉をのど元でぐっとこらえた。

ちらっとまわりを見る、兵達が俺に注目している。

この状況でそれを口にしてしまうと、いよいよ「確定」してしまうからだ。

この黄金のプレートは皇族に連なる者の「出生証明」のような代物だ。

皇族が生まれたら生年月日に場所、そして立ち会った人間の名前にその当時のステータスをプレートに記して、貴重に保管される。

今ではこのプレートに魔法処理が施されて本物かどうかの証明になるが、大昔は黄金を加工できる財力ってだけでやんごとのない身分という証明だったから、その名残だ。

ちなみにだが、現在の主流は、「本人」以外は最初の保管場所から持ち出せないような魔法をかけるのが一般的だ。

この状況下では、本人に持ち出して、わざわざ別の者に持たせる意味がないから、これを持っている少年が本人で間違いないだろう。

余談だが俺のも当然あって、王宮に保管されている。

もっとも俺自身はそれを目にしたことはない。

こんなもの、生まれたときのへその緒と同じで、よほど興味を示さない限りは本人がそれを見ようとは思わないものだ。

閑話休題。そのプレートが現れた。

そして、持ち主の名前が「チェスター・ヌーフ」とある。

チェスターという名前は聞き覚えがある。

エイラー・ヌーフの長男の名前のはずだ。

俺はもう一度、軽くため息をついた。

そうこうしているうちに兵達がざわつきだした。

「あれって、あれだよな」

「って事はこいつは偽帝の息子か？」

「後継ぎを逃がすのはあるあるだよな」

兵の中にはこの黄金プレートの正体を知っている者もいたみたいで、それが急速に広まった。
更にそれが一転し。

「そうか！　陛下はそれを見抜いて！」

「次の反乱の芽を摘みに自ら出向いたのか」

「すごい！　さすが陛下だ！」

チェスターを捕まえられたのは偶然にすぎないが、兵達の目にはそうは映らなかったようだ。

「韜晦が裏目に出たか……」

人間は思い込みの激しい生き物だ。

そしてその思い込みは「反転」した時に何倍もの強さで更なる思い込みを生む。

今回、俺の韜晦で兵達の中には「弱いものイジメしかしないダメ皇帝」に映ったことだろう。

それは狙い通りだからいい、むしろ最高の結果だ。

しかしチェスターという、反乱軍トップの後継ぎ、生き延びれば新たな禍根になる相手を確保したことによって、俺の韜晦が「敵を欺くには味方から」という解釈を生んでしまった。

それと同時に、おそらくは「目的達成のためには泥をかぶることも厭わない」――「皇帝であるのにもかかわらず」といったものまでもがセットでついてきた。

それが思い過ごしではない証拠に、連れてきた兵が例外なく俺に尊敬の眼差しを向けてくるようになっていた。

☆

「さすが陛下でございます」

天幕の中、二人っきりになったヘンリーがそんな事を言ってきた。

「やめろ、偶然なのはお前が一番よく知っているはずだ」

俺はそう言いながら、天幕の中央深部にある自分の椅子に座った。

天幕とは裏腹に、そのまま宮殿の中にあっても見劣りしない立派な執務机のうえに、例の黄金プレートを置いた。

「運を味方につけるのも名君の資質でございます、肝心な所で、となればなおさらの事かと」

「それが続くと無意識に頼りたくなってしまう。余はそうはなりたくないな」

「そうお考えであればそうなることはないかと」

「……」

「チェスター・ヌーフはいかがなさいますか」

「処刑以外あるまい」

俺は即答した。それを聞いたヘンリーの感情に変化はなかった。

そう、処刑以外ないのだ。

「首謀の血縁、しかも長男だ。傍系とはいえヌーフ家は皇族に連なる家系。皇族が謀反に関わった場合、主犯・従犯問わず斬胴の刑だ」

「陛下は、ここだけは改正なさいませんでしたな」

「ああ」

俺ははっきりと頷いた。

法務親王大臣を十年以上やった俺は、間に細かい法改正を何回かしている。

法は法であり、法である以上は遵守しなければならない。

ただし法が常に正しいかと言えばそうではない、そして法が間違っている場合は法を改正する。

それが、法務親王大臣時代の俺のスタンスだ。

「あの頃」

「ん？」

「陛下はすごい、と法改正の度に思っていました」

「どういうことだ？」

「陛下は一度たりとも、法改正の時に遡及して適用――をしておりませんでしたから」

「当然だ。法改正に遡及適用をさせたら、それは実質的に法を曲げて例外を作っているのとなんら変わりは無い。それでは法の厳正性が失われる」

「おっしゃる通りだと思います。それを平常時だけでなく、改正にまで強く遵守なさっていたのはすごい事と感じていました」

「そうか」

俺はふっと微笑んで、しかしすぐにそれを引っ込めた。

法に関するスタンスを褒められたことは地味に嬉しいのだが、今はそれを喜んでいる余裕はなかった。

「……」

「どうかなさいましたか？」

「ヘンリー」

「……はっ」

ヘンリーは少し驚き、それから真顔で応じた。

俺の声のトーンから何かを感じ取ったのだろう。

「お前は、何故帝国の死刑の中で、斬胴の刑がもっとも重いとされているか、わかるか？」

「はあ……それは……」

ヘンリーは答えあぐねた。

質問の意図も、質問の答えも、両方分からないのだろう。

「質問を変えよう。斬首の時、人間はどれくらい意識を保っているか知っているか？」

「は？　それは……数秒程度、かと」

まったく違う質問に、ヘンリーは目に見えて戸惑いながら、言葉を選びつつ、という感じで答えた。

「そうだ、研究のしようがないが、まあ数秒程度だろうと言われている。これは経験則からくるもの、首を切りおとされた現場に立ち会ったことのある人間なら大体それくらいの答えが返ってくるだろう」

「そうですな……戦場では体感、もう少し短いかとも思います」

「ほう？　それは何故だ」

「常に昂ぶっている分、血が勢いよく噴き出されるから――無論私なりの解釈ですが」

「なるほど。ちょうどその話をしようと思っているところだ」

俺はふっと笑った。ヘンリーはますます訝しみ、首をかしげてしまった。

「なぜ斬胴がもっとも重いのか、それは致命傷だが即死はしないからだ」

「あっ……」

ヘンリーはハッとしたようだ。

「そう、胴体の真ん中、つまり腰のあたりを両断された人間は、治癒の手立てはなく、上半身に残されている血が致死量を超えて流れ出るまで生き続ける。当然地獄の苦痛で、記録では最高で半日ほど苦しんで死んだという例もあるそうだ」

「斬首は一瞬、絞首はすこし長く、斬胴は半日……苦痛の長さがそうした、ということですな」

「苦しむ姿をさらすという意味合いもあるが、概ねそんなところだ」

「なるほど――」

ヘンリーは頷き、更に俺をみた。

その目には「話は分かったが、で？」という意思がありありとでていた。

そもそもが脈絡のおかしい話だ、繋がらないのも無理はない。

俺はちらっと、執務机の上の黄金プレートを見た。

「まさか、恩赦を？」

ヘンリーはハッとした。

ようやく、話が頭の中で繋がったようだ。

そう、俺はあの少年、チェスターの話をしようとしていた。

その前提をまわりくどくなりながらもやっていたわけだ。

話は繋がった、が、俺は静かに首をふった。

「ありえんよ」

もう一度首を振って、更に続けた。

「帝国皇帝として、謀反人の男系を見逃すわけにはいかん。娘ならいかようにも活かせられるが」

「そうですな」

「だが、ヘンリー、お前の察しはただしい。あの無辜な少年を斬胴の刑に処すのは心苦しい」

「……」

ヘンリーは無言で俺を見つめた。

ならばどうする？　という顔だ。

「警備をわざと手薄にしろ」

「逃がすのですか!?」

「ああ」

「陛下？」

ヘンリーは信じられないような目で俺を見る。

俺は真顔でヘンリーを見つめ返した。

「逃亡者はもちろん追いかけなければならない――生死問わずで、だ」

「――はっ！」

「首だけ持ち帰ればいい」

「……さすが陛下でございます」

「頼む」

「はっ」

ヘンリーは一礼して、天幕の外に出て行った。

数日前にも似たようなことをしていた、あの時は斥候（せっこう）に見せかけの追撃をした。

しかし今回は本気の追撃だ、追いついて、「その場で殺害」するための追撃。

一人っきりになった俺はつぶやいた。

「これが皇帝の限界だ……いや」

ただの皇帝であれば、横紙破りや横車推し、無理やりいかようにもする事ができる。

歴史上、そういう者達は暴君と呼ばれてきた。

だが俺はそうするわけには行かない。

「父上……」

俺が暴君や暗愚(あんぐ)になれば、それは俺を皇帝に指名した父上の名前まで汚すことになる。

皇帝の権限を半分以上縛った条件付きだが。

法は法として厳密に守る。

それが、俺が俺に課す最低条件だと思っている。

154 不要不急

夜になって、ヘンリーと別れて自分の天幕に戻ってきた俺を、アリーチェが出迎えた。

「お帰りなさいませ、陛下」

「うむ」

俺が応じると、アリーチェはいそいそと近づいてきて、かいがいしく俺の鎧をはずしてきた。

家の中にもどれば上着を脱ぐのと同じように、寝室の天幕に戻ってきた俺は身につけている鎧をはずして楽にした。

アリーチェにそうしてもらいながら、天幕の中をなんとはなしに見回した。

寝室、そう、寝室。

ここはいくつかある皇帝の天幕の、寝室の役割を担っている天幕だ。

天幕――つまり野外だというのに、中にはちゃんとベッドもあって、華美に装飾されたテーブルも置かれている。

床は一面にふかふかのじゅうたんが敷かれてあって、脚がついている調度品はとても野外だとは思えないほどに心地がいい。

今はないが、冬の時は地中に空気の通り道を掘って床暖房にする事もできる。

皇帝というのは技術的に不可能な事は出来ないが、人手さえ増やせば出来る事は何でもやれる地位にいる人間だ。

ここもそうで、建物は毎日建て直す事は事実上不可能だから天幕を使っているが、調度品は人手さえ増やせば運び入れる事はそう難しくない。

「……ふむ」

「どうかなさいましたか？」

「オスカーのヤツ、本気を出しすぎだと思ってな」

「オスカー様……第八親王様がですか？」

「ああ。この寝室、2〜3日前に比べて更に豪奢(ごうしゃ)になっているのはわかるな？」

「え？　あっ、はい！　すごく、こう……まるで都にいるときのようです」

アリーチェは言葉を選びつつ、答えた。

「オスカーが手配した輜重(しちょう)隊が手配したのだ。ここから先は凱旋(がいせん)、ならば皇帝の格式を強調するためにと、こういったものを送ってきた」

「格式……ですか」

「そうだ。余たちが乗ってきた神輿(みこし)、あれも帰路は更に豪奢になっているぞ」

「あ、あれ以上にですか!?」

驚愕(きょうがく)するアリーチェ、その気持ちはよく分かる。

都を出るときに乗って出てきたあの神輿、あの時もアリーチェは豪華絢爛(けんらん)さに戸惑っていたものだ。

「あれ」以上に、といわれればそりゃ驚きもしよう。

「凱旋だから帝都に戻れば出るとき以上に注目される。ああそうだ、一つ先に話しておく」

「何でしょう?」

「今回の勝利で、おべっかに長けた者どもが軽く余を神格化してくるはずだ。その余波でアリーチェのことにも……そうだな、『勝利の女神』あたりかな、そうやって持ち上げてくるだろう」

「勝利の女神……そんな、わたしなんて」

「ふっ、おべっかに長けた者達と言った」

俺は笑って、アリーチェの肩を軽く叩(たた)いた。

「余も道化を演じなければならんのだ、少しの間付き合ってくれ」

「は、はい！　陛下のためでしたら！」

「たのむ」

「……」

ふと、俺はアリーチェの視線に気づいた。

アリーチェは何故(なぜ)かうっとりした目で俺を見つめていた。

「どうした」

「あっ……その、お世辞を言ってくる事を予測してて、舞い上がらず平常心でいるのはすごいな、って」

「そうか？　くると分かればそれなりの心構えもできるだろ」

「それがすごいです」

「そうか」

アリーチェもすこしおべっかが入ってるな、と思いつつも、これくらいなら帝都にいる連中に比べれば可愛（かわい）らしいものだから、軽く受け流すことにした。

鎧をはずした後、机に向かう。

机の上に書類がいくつも積み上げられていた。

俺の視線がそこに止まったのを見たアリーチェが口を開く。

「先ほど役人の方が持ってこられました」

「そうか」

「寝室でも……お仕事なさるのですか？」

「うむ、あらかじめ振り分けてもらった。不要不急のもの、暇なときに見ればいいようなもの、そういうのはこっちにと命じた」

「そうなのですね」

「例えば――」

俺はそう言い、報告書の一番上のものをとって、開いて中身を読んだ。

「……ふっ」

「ど、どうしたんですか？」

「ほら」

俺は口角をゆがめて、アリーチェに報告書を見せた。

アリーチェは受け取って、一度目を通したが、困った顔をした。

「どうした」

「ごめんなさい、お役人の難しい文章は、その……」

「ああ、むやみに修飾された『官文』は読めないか」

俺はにこりと微笑んで、報告書を返してもらった。そして内容を要約した物をアリーチェに教えてやった。

「余の戦勝を称(たた)えるため、宮廷楽士たちに新しい曲を作らせたから、その名前を授けてほしい――という上奏文だ」

アリーチェは迷った。

「えっと、それって…………もしかして？」

そのたっぷりの「間」が、正しく理解していながらも困惑している、ということを如実(にょじつ)に物語っていた。

「言っただろ？　おべっかに長けた者が早速動き始める、と」

「すごい……本当に、もう……」

アリーチェは俺の推測に感動しつつ、上奏文にあきれつつの、複雑な表情を見せた。

「とまあ、こんな風に、適当にあしらえばいい内容のものばかりだ。負担にもならん」

「は、はい」

「もう一件見ておく。その間に……そうだな、何か飲み物を」

「わかりました！」

アリーチェは静々と立ち上がり、天幕の入り口に向かっていった。

垂れ幕的な作りになっている入り口に手招きをして、外の小間使いに向かって耳打ちした。

それを尻目に、俺は宣言通り、もう一件処理するために報告書をとった。

「……ふむ」

それを最後まで目を通してから、一度頭の中で文章をまとめて、ペンをとって返事を書いた。

すこし長い文面になったが、難しい話じゃなかったから淀みなく最後まで一気にかき上げられた。

それを書いた後、もう一度最後まで確認してから、「よし」と小さくうなずいた。

「お疲れさまでございます。こちらをどうぞ」

「ああ、ありがとう」

労をねぎらいつつ、受け取ったコップに口をつける。

帝都なら貴族、このような野外だと皇帝でもなければ許されない、氷を使った冷たい飲み物だ。

それに口をつけながら自分の耳たぶを揉みしだく。

すこし知恵熱に近いものを出していて、今はそれを冷やしたかった。

「肩をおもみ致しますか？」

「いや、そこまではいい」

「そうですか……」

アリーチェは何故か、少しだけ残念がる表情を見せた。

その表情を見ていると、彼女も見られている事に気づいたので、慌てて話題を変えてきた。

「あの、何を書いていらっしゃったんですか？　かなり集中されていましたが」

「安心しろ。これも不要不急の案件だ」

「あっ……」

「ふっ、ゾーイへの返事だよ」

「ゾーイさん……って、以前陛下のお屋敷で」

「そうだ、あのメイドのゾーイだ。今は外地に出したが」

「そのゾーイさんに何を？」

「ゾーイから許可を求めてきたのだ、余の陵墓(りょうぼ)――墓をつくるいい土地を見つけた、となどうだ、不要不急だろ？」

「へ、陛下の⁉」

俺はおどけて笑って見せたが、アリーチェは血相(けっそう)を変えるほどの勢いで驚いた。

それは見ているこっちまで釣られて動揺しそうなくらいの剣幕(けんまく)だった。

「落ち着け、よくある話だ」

「え？」

きょとんとするアリーチェ。

俺はとりあえず「座れ」と目配せした。

指示された通りおずおずと横に座ったアリーチェに説明をする。

「皇帝の墓を見たことはあるか？　例えば数百年前の誰（だれ）かの」

「えっと……あっ、母の故郷の近くにそういうのがありました」

「巨大だっただろ？」

「はい、ちょっとした村——いえ、町並みの規模でした」

「うむ。それくらいの規模の墓、建造にどれくらいかかると思う？　一ヶ月や二ヶ月どころの騒ぎじゃない、年単位の時間がかかる」

「はい、きっとそうだと思います」

「計画立案から設計まで、実際の着工竣工（しゅんこう）を考えると、下手をすれば10年かかってもおかしくはない。何しろ町レベルの規模で、見栄えも考えないといけない。場合によっては呪術的な設計を盛り込む事もあるからますます複雑になる」

「はあ……」

椅子（いす）に座り直したアリーチェは小さく頷（うなず）いた。

「そうなると、だ。皇帝が死んでから建てると間に合わない。死んでから十年間も墓に入れられないんじゃかわいそうだろ？」

最後におどけながら言うと、アリーチェはここでハッとした。

そして、おどける俺の意図を理解し、取り乱した自分を恥じたのか赤面した。

「そ、そうですよね」

「だから、皇帝が100人いれば99人は生前に陵墓の建造を進めている。ちなみに先帝陛下の陵墓はもう出来ている、ダミーも含めて三つだ」

「ダミー……あっ、盗掘（とうくつ）……」

「そういうことだ」

俺はフッと笑った。

「だから余が陵墓の建設をしてもおかしくはない、いや、むしろしなければならない」

「しなければならない？」

陵墓の建設については納得したものの、「しなければならない」となるとやっぱり不思議がるアリーチェだった。

「つまるところ公共事業だ。土木は金がかかる、金をかければ民間が潤う。土木で肉体労働者が潤えば――そうだな、ああいった者達の懐（ふところ）はアリーチェの同業者にも繋（つな）がっているはずだ」

「あっ、陛下がいつもおっしゃってる……」

「そういうことだ」

「そうでしたか……すごいです陛下、お墓にもそんな理由があるんですね」

「ああ」

俺は頷き、真顔で言い放つ。

「国に余裕があるときなら、公共事業は無駄なくらいやるべきだ」

「すごいです陛下」

155 本人証明

アリーチェに褒められながら、俺は少し前に、第一宰相ドンと二人でかわしたやり取りを思い出していた。

☆

元十三親王邸は俺の即位と同時に、名目が「邸宅」から「離宮」へと格上げされていた。

それに伴って、「離宮」の格式に沿った改修という名の増築がされた。

本丸の屋敷はもとより、庭園も相応の手が加えられている。

そんなますます豪華さを極めた庭園の中、俺はドンとの二人っきりで、あらゆる使用人を遠ざけてそこを散策していた。

かつては兄上の腹心だったドンは、今や帝国の第一宰相として俺の懐刀的な位置に納まっている。

そんなドンを引き連れるような形で、俺達は庭園の中を散策するような感じで密談をした。

「公共事業、でございますか?」

「そうだ、やれるだけやっておけ」

「とおっしゃられましても……そんなにやれることはありませんが」

「無理やり作ればいい」

まずは大まかな方向性を示してから、具体例を挙げてみた。

「極端な話、今月はこの離宮の壁を剝いで上皇陛下の宮殿を修繕し、来月はその壁を剝いでこの離宮の壁を修繕すればよい」

「ずいぶんと無駄をなさるのですね」

「業者の中抜きにだけ気を配れ。肉体労働者に金が渡ればそれでいい」

「賦役はいかがいたしますか？」

「そうだな」

俺は少し考えた。

ドンが聞き返してきた「賦役」というのは、雑に言えば「税を労働力で納める」者達の事だ。

税を納めているという形なのだから、本来は給料など出ないのだが。

「少しは払ってやれ。バランスはお前に任せる」

「陛下は……」

「ん？」

俺は立ち止まって、首だけ振り向いた。

ドンも同じように立ち止まって、その顔は苦虫をかみつぶしたような表情を浮かべている。

「……」

「思った事を話せ。どんなことでもかまわん、この場は不問にする」

「では遠慮無く。陛下は、帝国の財政が常に慢性的に赤字状態なのをご存じですか？」

「ああ、知っている」

俺は小さく頷いた。

それは俺が子供のころからずっと言われてきたことで、今でもまったく解消されていないことだ。

図体が大きくなった帝国は相応に支出が増えていて、それが財政を徐々に圧迫しつつあるのだ。

今の所差し迫った危機になることはない、「慢性的な」レベルの話だ。

「知っている上で無駄遣いをなさるのですか？」

「家計が赤字だから支出を抑える、という話なら正しい」

「どういう意味でしょうか」

「正しい」という言葉を使いながらも、俺の語気がまったく同調していないと理解したドン。

彼は眉をひそめたまま聞き返してきた。

「それには一つ前提がつく」

「どのようなもので？」

「収入が固定、最悪でも安定していなければ成り立たん。毎月きまった給料をもらう者達であれば、な」

「……収入が固定なら、支出さえ減れば赤字は黒字に転化する」

「そうだ。だが、国はそうではない。国の――帝国の収入は主になんだ？」

「税収と……戦による戦果と属国の貢ぎ物」

「そうだ、帝国は戦士の国、戦を『転がす』ことで収入を維持してきた」

俺はそこまで言って、真顔に変えて、続けた。

「支出を減らせば当然戦にかける金も減って、それで収入が減る。そもそもが支出を減らせば近隣の属国はどう思う？」

「……帝国の弱体化？」

「そうだ、そうなれば自然と属国からの貢ぎ物も減るだろう。そうなれば収入がそもそも減って、支出を減らしたのに赤字が減るどころが、場合によっては更に増えることもあり得る」

「それはそうですね」

「つまりだ。『慢性的』程度であれば、帝国はやせ我慢をしてでも支出を減らすわけにはいかないのだ。支出を減らせば収入も減る、赤字のまま更に支出を減らそうとすると収入も更に減ってしまう――悪循環だ」

「なるほど……さすが陛下、そこまで考えが及びませんでした」

ドンはそう言いながら、さっきに比べて少し表情が明るくなった。

「公共事業をやって、税収の規模を維持しようということですね」

「そういうことだ」

「御意、その通りに進めます」

「たのんだ」

「それにしても、景気が良くなっていればこんなことも必要なかったのですが」

「……景気がいいというのはどういう事だと思う？」

「え？　それは……」

話題がいきなり変わっての、俺の質問。

そんな謎(なぞ)かけのような質問に、ドンは少し戸惑いつつも答えるべく、眉をひそめた思案顔で頭を巡らせた。

「民が金を持っていること……でしょうか」

「それだと50点だ」

「なにが足りないのでしょう」

「民が金を持っているだけでは景気はよくならん」

「……では？」

「昔話だ。貯蓄を美徳とし、民がみな蓄えをたくさん持っていた時代があった。一般庶民までもが、そうだな、倹約すれば十年は過ごせるであろう、というレベルの貯蓄を持っていた」

「良いことです」

「が、だれもかれも貯蓄をするだけで使おうとしない。金はあるのにだれも金を使わない。その状態でどうなったと思う？」

「え……あっ」

ドンはハッとした。

俺はフッと笑った。

「そうだ、民は金を持っているのに使わない。自然と景気は悪くなった。しかし、だ」

「……貯蓄はあるから危機感もない」

「そうだ。そうやって景気はじわじわと悪くなっていき、問題が表面化した時はもう手遅れな状態になった。貯蓄も相応に減っていたしな」

「思い出しました。フサール王国のことですね」

「そうだ」

俺ははっきりと頷いた。

少し前に歴史を調べたときに、気になって細部まで調べたフサール王国という国の歴史。

概要レベルであれば有名な話だから、ドンもそれくらいは知っていたようだ。

「さっきの答えだ。『民が普遍的金を持っていて、その上使う意思も旺盛（おうせい）』、これが景気が良くなる最小の構成条件だ」

「……あるいは今持っていなくても働けば手に入ると認識があれば」

「120点だ」

俺の「意思」から「認識」へと繋（つな）がったドン。

俺の第一宰相は相変わらず頭のまわりが早くて、少しだけ嬉（うれ）しくなった。

「つまりはそういうことだ」

「なるほど……勉強になりました。そこまで本質を見抜いていたとは、さすがは陛下」

俺はふっと笑った。

「そういうことだから、都に限らず無駄な公共事業はやっておけ。肉体労働者達には『明日も仕事はある』『働けば金は入る』という認識を常に持たせておけ。ああ、業者の中抜きだけはきっちり取り締まっておけ。見せしめに何人か極刑にしていい」

「御意！　ちなみに肉体労働者に重きをおくのは……？」

「中抜きする連中とはちがって、あの手の連中は貯め込もうという気質はない。稼いだだけ使うから、ばらまいておけば勝手に経済の起点になってくれる」

「そこまでお考えで……すごい……」

☆

俺はアリーチェを横に侍(はべ)らせながら、報告書を眺め続けていた。

緊急のものに比べればどれも簡単な政務ばかりだった。

10件中9件は本当に「報告」のみのもので、俺はそれを読んでたった一言「了解」とだけ、最後のあたりに書き加えた。

皇帝である俺の直筆で「了解」とあれば、その報告書を戻したらそのとおりに政務が進められるというわけだ。

そうやって俺は次々に処理していたが、さすがに件数がかさむとすこし疲労もたまってくる。

お決まりの「了解」を書いた後、すこしだけ肩こりを感じたため肩をグルグルとまわした。

「そろそろお休みになってはどうでしょうか、陛下」

横でずっと黙っていて、俺が処理した報告書を綺麗に畳んでいたアリーチェがそんなことを言ってきた。

「ああ、そうだな」

俺はちらっと残された報告書の山を見た。

まだ結構残っているが、そもそもが不要不急のものばかりだ。

後回しにしてもまったく構わないものばかりだ。

「陛下はどうして、印章ではなく手書きなのですか？　こういった――」

アリーチェはちらっと、俺が最後に処理した「了解」の報告書に視線をやって、言った。

「ご返事でしたら、陛下のハンコでも良かったのではありませんか？」

「お前は賢いな」

俺は本気でそう思い、言った。

「え？」

「お前の言うとおり、その方が労力を減らせる。が、それをやると本当に皇帝が読んだかどうかという証明にならん。ハンコなんて誰でもつけられるしな」

「でも、それは陛下が肌身離さず持っているので」

「ほら」

俺はにやっと笑いながら、公式の文書に使われる皇帝のハンコをアリーチェに突き出した。

アリーチェは反射的に手を出して受け取って、それから思いっきり恐縮した。

「こ、これっ！」

「歴史上こういうことがよくあった。寵姫が代わりにやっておく、的なのがな」

「そ、そうなのですね」

「そもそもハンコでは何の証明にもならん、拇印なら話は別だが、その拇印も検証すれば証明になるが、一方に送った先じゃ――」

言いかけて、俺はとまった。

頭の中にある考えが浮かび上がった。

それは白い稲妻のように、俺の脳裏を駆け抜けていった。

「どうしたのですか？　陛下」

「いい事を思いついた」

「いいこと、ですか？」

「たぶん出来るはずだ……これを一番上手くやれるのは……」

俺は少し考えて、指輪を目の前にかざして、呼びかけた。

「アポピス、いけるか？」

俺の呼びかけにアポピスが呼応した。

肯定の意思をもらった俺は、まずアリーチェに背中を向けた。

そうして見えないようにしながら、その辺からまっさらな白い紙を取って、隅っこに手を触れた。

指輪からアポピスの力があふれ出る。

極彩色の液体が、紙の隅っこに俺の紋章をつくった。

それを見て、振り向き、きょとんとしているアリーチェにそれを渡す。

「見てみろ」

「はい……あっ……」

紙を見た瞬間、アリーチェははっとして目を見開いた。

「これは……陛下⁉」

「ああ、この紋章だ」

俺はそう言い、今度は背後に紋章を顕現させた。

俺の事を知らない人間でも「皇帝だ！」と認識するあの紋章だ。

「これを流用したものだ」

「なるほど、これって、誰が見ても……」

「そうだ、本能で皇帝のものだと分かるようになってる」

今まで出来ていたことだが、流用する発想はなかった。

その発想のきっかけを与えてくれたアリーチェは、自分の影響だとは知らずに。

「すごい……これ、ハンコよりも、手書きよりも『陛下』ってわかります……」

強い憧憬の瞳で俺を見つめてきたのだった。

156

必要火急

「む？」

「あら？」

俺とアリーチェがほぼ同時にそれに気づいた。

天幕の外に、けたたましいくらいの足音が聞こえていた。

それは鎧の擦れ合う音が混じった足音で、だれが聞いても急いでいるとわかる足音だった。

「何かあったのでしょうか」

「ふむ」

足音はこっちに向かって、近づいてきている。

それで少し様子見をしていると、足音は天幕の真っ正面、入り口の所でとまった。

「ヘンリーでございます、陛下」

「うむ」

「お休みのところ申し訳ございません、お耳に入れておきたいお話が」

音と天幕越しの影で、跪くのが見えたのとほぼ同時にヘンリーの声が聞こえてきた。

アリーチェは戸惑った様子で俺に目線を向けてきた。

これまた急いでいる——いや、焦っているのがはっきりとわかる声だったからだ。

俺はアリーチェに頷き、「入れ」と言った。

アリーチェは立ち上がり、無言のまま、入ってきたヘンリーと入れ替わりに外に出て行った。

夜の、皇帝の寝室。

俺の意識じゃ皇帝には個人の時間はないのだが、普通はそこまで思っていないということも理解している。

こんな夜遅くのプライベートの時間と場所に、ヘンリーのような男が慌ててやってきた。

それはほぼ間違いなく政事か軍事であろうと、そう理解したアリーチェは何も言わず、入れ替わりにすっと出て行った。

尻目にアリーチェが退出したのを確認した後、ヘンリーは険しい顔のまま俺に近づき、一通の封筒を差し出してきた。

封筒は飾りっ気がなく、しかし作りがしっかりしてて厳重に封をした跡が見られる。

密報。

その言葉が俺の脳裏に浮かんだ。

「火急のご報告でございます」

「うむ」

俺は受け取り、ヘンリーが封を切ったであろう口から中の紙を取り出した。

それを開いて、内容に目を通す。

「……陛下が？」

眉根がくっつくくらいにきつく寄せられたのが自分でもわかった。

その密報は帝都から届けられたもので、内容は上皇である父上が倒れた事を報告するものだった。

俺は視線をあげて、ヘンリーを見た。

ヘンリーは俺に勝るとも劣らないほどに眉をひそめていた。

なるほど、と思った。

これが届いて、居ても立ってもいられずに、急いで俺の所に駆け込んできたというわけか。

ヘンリーが急いで来た理由は痛いほどよくわかった。

かなり前になるが、父上が倒れたことがあった。

俺がまだ少年の頃で、法務王大臣を拝命していた頃だ。

あの時も父上が倒れて、そこそこの騒ぎになったことがある。

あの時からかなり時がたった——というのは、そのまま父上が老いたという事でもある。

高齢、いやもはや老齢と言っていい父上。

今回倒れたのは前回以上に緊急な事態、と考えるのが普通だ。

ヘンリーが慌てるのもよく分かる。

俺は少し考えて、ヘンリーに聞いた。

「これはいつ届いたんだ？」

「つい先ほどです。私の所で留めておけるような内容ではございませんので、急ぎ報告にあがった次第です」

「そうか、わかった。倒れたとは言ってもこれでは子細がわからん。この程度の文面であれば、まあ『最悪の事態』にはなっていないだろう」

「はい、それはおっしゃる通りかと思います」

「ならば当面は準備、余だけでも帰れる程度の準備を整えておけ」

「はっ！」

ヘンリーは深々と頭を下げた。

もしこれが帝都か、もう少し近場にいるのなら早馬を駆ってでも帰っていただろうし、瞬時に連絡が取れる手段があるならすぐにそうした。

だが、残念ながらそのどっちもない。

すぐには帰れないし、連絡も取れない。

すぐに動けるようにして、続報を待つしかないのだ。

それをヘンリーも分かっているようで、とりあえず俺に報告が出来て、まっとうな指示をもらえたことで少しだけホッとして、眉を開いた。

そんなヘンリーに、俺は真顔で言った。

「一つだけ小言だ」

「え？」

顔を上げたヘンリー、小言？って顔をしていた。

「ヘンリー、お前、これを受け取ってすぐに来たと言ったな」

「はい、急ぎ耳に入れた方がいいと思った次第で」

やはりきょとんとしたままのヘンリー。

俺はちらりと、しかしヘンリーにも分かるくらいに、視線を一度入り口のほうに向けた。

アリーチェが退出した天幕の入り口だ。

「アリーチェも気づくほどだ、途中でお前の慌てっぷりを見た者もそこそこいるだろう」

「はい……あっ」

ヘンリーははっとした。

そして今度は「やってしまった」という顔をした。みるみると青ざめていく様子は、普段のヘンリーからはなかなか見られない、新鮮な反応だった。

俺は封筒を持った手ごと上げて、更に続けた。

「そうだ、これは急報ではあるが、密報という形で届けられた。ただの急報であれば問題はないが、密報でそのように慌てて来られると最後の最後で『密』の意味が薄れる」

「も、申し訳ございません！」

ヘンリーは青ざめるのを通り越して、まるで紙のような顔色になって、俺に跪き頭を下げた。

「あまりの知らせだったので、つい――」

「よい」

俺は手をかざして、ヘンリーの謝罪と弁明をとめた。

「上皇陛下――父上の容体のことだ。息子としても、また、帝国の大臣としても平穏ではいられまいよ」

「はっ……」

「余も本気で責めているわけではない。小言だ。頭の片隅においておけばよい」

「御意……」

もう一度頭を下げてから、ヘンリーはゆっくりと立ち上がった。

そして、表情をまた切り替えて、俺を見つめてきた。

「どうした」

「やはり陛下はすごい。このような事にも動じずに、陛下としての振る舞いを十全に全うされておられる」

「……ヘンリー」

「はっ？」

「礼を言う」

「……え？」

ヘンリーはきょとんとなった。

今度はなんの事か、という顔をした。

俺はそんなヘンリーを見つめ返しながら、真顔で続けた。

「皇帝に『私』はない、あるのは『公』だ。ヘンリーが代わりに慌ててくれたおかげで余は冷静でいられた。だから――」

一旦言葉を切って、改めて、という感じで続ける。

「感謝している」

「そんな！　……もったいないお言葉でございます」

☆

ヘンリーが天幕から出て行ったあと、俺は視界の隅っこにあるステータスを眺めていた。

名前：ノア・アララート
帝国皇帝
性別：男
レベル：17＋1＋1／∞
HP　C＋A　火　E＋S＋S
MP　D＋B　水　C＋SSS
力　C＋SS　風　E＋C
体力　D＋B　地　E＋C
知性　D＋S　光　E＋S

精神　E＋A　闇（やみ）　E＋B
速さ　E＋A
器用　E＋A
運　　D＋B

ステータスに変化はまったくなかった。

そういう感想、あるいは意識か。

それを持ったのは、前回父上が倒れたときは盛大にステータスが変わったという経験があるからだ。

あの時は、＋の後ろにあるものが全部最大になった。

それは一時的なものとはいえ、倒れた事さえも利用した父上が帝国の全権限を俺に預けた、という意味だと俺は解釈した。

今回はそれがない。

帝国の全権限が俺にはない。

つまり、父上は健在ということだ。

詳しい状況は相変わらず分からないが、少なくとも危機的な状況では決してない、と俺は判断した。

「……」

だが、とも思った。

ヘンリーともあろう者があそこまで慌てた理由もわかる。

父上はもうかなりの高齢だ。

あれだけの高齢だと、今は大丈夫でも次の瞬間急変したとしてもなんら不思議はない。

俺は元十三親王——十三番目の子だ。

俺が生まれたときには、父上は既に初老の域にさしかかっている。

あれから数十年がたった、今はもっとお年を召していらっしゃる。

そこまで考えると——。

「陛下？」

「うん？　ああ、アリーチェか」

いつの間にか天幕の中にもどってきたアリーチェが、心配そうな表情で俺を見つめていた。

「お顔が優れないようですが……」

「ヘンリーの事は言えんな」

俺は自嘲気味に笑った。

ヘンリーにあんな事を言っておいてアリーチェに気づかれるような表情をしていた。

猛省しなければなと思った。

「私になにか出来る事はありませんか？」

「余は今から急ぎで都に戻るが、だれにも知られたくない。数日はごまかしておいてくれ」

「わかりました」

「方法は任せるが……二日だ、二日間はお前以外のだれも知らないような状況を保っていてくれ」

「その……」

「うむ？」

アリーチェを見た。彼女は少し驚き、そして言いよどんでいた。

「気になることがあるのなら遠慮無く聞け」

「はい、その。ヘンリー様には？」

「黙っておけ」

「……」

アリーチェの表情が、驚きから困惑へと変わっていった。

「言わなくて大丈夫なのですか？」

「ああ」

俺は小さく頷いた。

黙っておけとは言ってみたものの、アリーチェが「ごまかし」をやろうとした時点で、どううまくごまかしてもヘンリーなら気づく。

むしろ上手(うま)くやればやるほどヘンリーは気づくだろう。

それは仕方ないことだし、余計な負担をかけてしまうからアリーチェには黙っておこうと思った。

「ヘンリー様にも黙っておくのですね」

「……敵を騙すにはまず味方からだ」

アリーチェも「まず味方から」の方だが、当然今は言わない。

「頼んだぞ」

「分かりました」

「ごまかし方は任せる、なんでもいい」

「なんでもいい、ですか？」

「好みなら余が股を打って血尿を出したことにしてもいい」

俺はいたずらっぽい笑みを浮かべて、言った。

アリーチェが少し緊張しているからほぐそうと思っての言葉だ。

「そ、そんなことは」

「冗談だ、が、まるっきり冗談でもない」

「え？」

「とにかく方法はなんでもいい、余が二日間この天幕にこもっていることに出来ればそれでいい」

「はい……分かりました」

「今から二通の手紙を残していく。もし二日以内に露見した場合の指示と、二日保った場合の指示だ」

「はい」

「たのんだぞ」

「はい！　――え」

アリーチェは何かに気づいた様子で、ぱっと後ろに振り向いた。

俺はその間にさっと天幕をでた。

「……あっ」

天幕越しにアリーチェの声が聞こえてきた。

驚きと、納得が入り交じったような声だ。

俺が気配で視線をそらした事に気づいた反応だ。

俺はそのまま陣地の中を進んでいった。

気配で視線をそらしつつ、だれにも見られないように歩く。

そうやって軍馬がつながれている所にやってきた。

いつでも乗れるように準備しておく、馬装している一頭の馬にまたがった。

その馬に乗って陣地を出た。

しばらくはゆっくり歩かせたが、足音が届かないであろう程度の距離まで離れてから、鐙を通して馬を走らせた。

「アポピス」

『――』

心の中で、アポピスが言葉にならない返事をしてきた。

「疲労を誤魔化(ごまか)せるか？　一時的でいい」

『――』

アポピスから「是（ぜ）」とする返答が返ってきた。

アポピスは薬や毒を扱うことが出来る。

薬や毒の中には、一時的に疲労や痛みをごまかせる代物（しろもの）がある。

それをアポピスに要求した。

直後、指輪が光って、目の前にゆっくりとしずくが落ちてきた。

まるで綿かホコリのように、しかしまっすぐゆっくりと落ちてきた大粒のしずく。

俺はそれを手に取って口の中に放り込んだ。

瞬間、はっきりと目がさえていったのが実感できた。

どんな濃茶（こいちゃ）を飲んだときよりもはっきりと目がさえていった。

アポピスに俺自身と馬の疲労をごまかしてもらい、俺は、一直線にそして最高速に、帝都を目指して馬を疾走（しっそう）させるのだった。

157 跡目

「ぶひひひぃーーーん!!」

人間の俺でもはっきりと分かるくらいの、苦悶の色が濃く出たいななきを放った後、馬はがくっと膝から崩れ落ちて、転んでしまった。

背中に乗っていた俺はいななきを聞いた瞬間に気づき、とっさに飛び上がって事なきを得た。

スタッ、と着地して、馬の側に向かう。

地面に倒れた馬は四本脚を力なくバタバタさせていて、顔には色濃く疲労の色が出ている。

それは限界を超えた類いの疲労だった。

「……アポピス、楽にしてやれ」

手をつきだして、命令を下した。

指輪が光って、その光が凝縮されて、透明な液体になって、馬の口の中に吸い込まれていった。

しばらくして、馬の顔から苦痛が消えて、穏やかな顔で逝った。

「ご苦労……ありがとう」

しゃがんで、馬のまぶたを閉じさせてやる。

そして立ち上がり、まわりを見る。

夜明け前の街道は他に人の姿が見えない。

前も後ろも、俺以外の何者の姿も見えない。偶然でもだれかが通り掛かってくれれば少しは楽だったのだが、しょうがない。

「しばらくは徒歩だな——むっ」

割り切って、再び歩き出そうとした瞬間、足ががくっときた。

俺も膝から崩れ落ちそうになって、とっさに力を入れて踏みとどまった。

当然だなと思いつつ、ここで立ち止まるわけにはいかないと思った。

「アポピス、もう一度だ」

『——』

「自分の体だ、ラインは把握している、やれ」

あのアポピスが俺の体を案じてきたが、それを却下してもう一度命じた。

別の解釈のしようがない、有無を言わさないような口調で命じた。

一呼吸ほどの間があいてから、指輪からまた光が溢(あふ)れ、今度は濃紺色のしずくになった。

わずか一滴の、宙に浮かんでいるしずく。俺はそれを手の平ですくい取って、口の中に放り込んだ。

途端、どんな濃茶(こいちゃ)よりもてきめんに目がさえた。

「よし……いくぞ」

声に出して自分を鼓舞(こぶ)しながら、俺は小走りで走り出した。

次の街まで行ければ、おそらく馬をなんらかの形で手に入れられる。

それまでもう少しのやせ我慢だ。

そうして走ることしばし、徐々に近づいてくる地平のはて、街道の横に一両の馬車が止まっているのが見えた。

馬車のまわりに何人もの用心棒らしき男がいた。

こっちが用心棒らしき男と、見た目の詳細が分かるほど近づいたという事は向こうもこっちの事が見えるということである。

俺の姿を認めたからか、男らは馬車の中に向かって何かを告げるように動いた。

次の瞬間、馬車から一人の女が降りてきた。

その女を見た俺は、一気に駆け抜けようとしたのをやめて、馬車の少し前に足を止めた。

そして、女と向き合うような形になった。

女はしずしずと俺に頭を下げてきた。

「お待ちしておりました、陛下」

「シンディーか、何故(なぜ)ここにいる」

女は顔なじみで、名前はシンディー・アランという。

数十年前、まだ子供だった俺が、当時の第三宰相のパーティーで出会った商人バイロン・アランの義理の娘だ。

その時は彼女も幼かったが、聡明(そうめい)で物怖(ものお)じしない事から俺の印象に止まって、それが巡り巡ってバイロンという男を俺とつなげる事になった。

お互い幼い頃からの顔なじみ、庶民であれば幼なじみになろうかという間柄だ。

そのシンディーが何故か街道にいて、俺を待ち構えていた。

「超特急でしたらこのあたりで馬がつぶれる計算でございました」

「なるほど」

「どうぞお乗り下さい。お話が済むくらいの距離に新しい馬を用意させております」

「相変わらず如才(じょさい)ないな」

シンディーを褒めつつ、馬車に乗った。

馬車の中に入った俺は少し驚いた。

てっきりシンディー以外は無人だと思っていたが、そうではなく男が二人いた。

ただの男ではなかった。二人とも盲人であることを示す、黒布の目隠しをしていた。

更にその二人の他にも、安楽椅子(あんらくいす)が一台置かれていた。

「どうぞ、陛下。按摩(あんま)の腕のいい者をお連れしました。もちろん目が見えず耳も聞こえませんのでご安心を」

「そうか」

按摩――つまりマッサージだが、盲人が特にうまいというのはよく知られている事だ。

よく「他にできる仕事がないからこれをやっている」という誤解をされがちだが、盲人の多くは自然と触覚が研ぎ澄まされていくため、常人よりも筋肉の細かい状態がよく分かり、それがマッサージのうまさに繋がっている。

それにくわえてシンディーは「耳も聞こえない」者を連れてきた、それはつまり何を話しても大丈夫だというメッセージだと俺は受けとった。

動き出した馬車の中で腰を落ち着かせつつ、横に侍るように同乗するシンディーに話しかけた。

「父親は元気か？」

「はい、最新の情報――」

「そうじゃない、バイロンの事だ」

「――えっ？　あっ……」

驚き、慌てて頭を下げるシンディー。

「も、申し訳ございません！　私、てっきり」

「かまわん、こっちも言葉が足らなかった」

で？　と言外に促す。

「ありがとうございます。父は最近、その……仕事どころではなくて」

「うん？　なにかあったのか？」

「その……弟が、生まれまして」

「ほう」

少し驚いて、瞠目もした。

バイロンについて知っている情報を頭の中に広げてみた。

　バイロンはかなり早い段階から俺の、十三親王の紋章を掲げて商売をしているものだから、その辺の商人や臣下よりもよく知っている相手だ。

　そのバイロンの情報を全部頭の中で広げてから、「それ」に気づいた。

「……なるほど、初めての男子か」

「はい」

「めでたいことだ」

「ありがとうございます。50を越えてからできた初めての息子ですので、それはもう、目に入れても痛くないほどです」

　シンディーの言葉に、俺は小さく頷(うなず)いた。

「当然といえば当然だな——なにか書くものはあるか？」

「え？　はい、もちろんございます。こちらです」

　シンディーはそう言い、馬車の隅っこにある机を指した。

　俺を出迎えて、盲人たちを用意したということは機密的な話をするつもりだから、その流れで俺が何か指示のために書き記すことは当たり前の想定、最低限の想定としてある。

　だからシンディーも当たり前のように用意してはいるが、このタイミングで聞かれたことで「もう？」という顔を一瞬した。

　俺はそれをスルーしつつ、机に向かい、用意されてある上質な紙にペンを走らせた。

　簡潔だが、解釈違いのしようがない文面をしたためてから、それをシンディーに渡す。

「これを持っていろ」

「これは……名字、を？」

「そうだ、余の恩賞という形でお前に名字を一つやる。実際何の名字にするのか、空欄にしておいたから必要な時に好きなものを書き込むといい」

「どうしてこのような……」

「役に立つ日が来ないのがベストだが、念のために持っていろ」

「…………っ！　あ、ありがとうございます！」

かなりの長さ、時間にして十秒近く、シンディーはまったく理解できなかったが、ようやく思考が繋がって、はっとした顔になった。

そして紙をかかえたまま、器用に馬車の床で俺に平伏（へいふく）した。

「申し訳ございません！　陛下のご厚意、すぐに理解できずに」

「よい、男でなければそのようなものだろうし、そもそも」

「そもそも？」

シンディーは平伏したまま、顔だけ上げて不思議そうな表情で見つめてきた。

「親子関係が良好なまま育ったという証左（しょうさ）でもある。謝る必要などどこにもない」

「ありがとうございます……」

シンディーは俺が渡した紙を胸もとにかかえて、感動した表情でつぶやくように言った。

ゆっくりと立ち上がってくる間も、彼女の感動した表情は収まるどころかますます強くなっていくばかりだ。

俺は彼女に「新しい名字」を与えた。

皇帝、ないしは親王が下の者に「新しい家」を立ち上げさせる事は珍しい事ではない。

もともと「家」を持っている者でも、功績次第で皇帝や親王が追認した家にして、箔をつけさせてやることはよくある。

それと同じことをシンディーにした。

シンディーの義父、バイロン・アランは50歳を超えて初めて男の実子ができた。

それ自体はいいことだ。

帝国は今でも、男子相続、そして長子相続が一般的だ。

ある程度立身出世を果たした者であれば、男の子供に自分の生きた証を継承させる事を願うものだ。

それはいい、問題は歴史上、ここからお家騒動に発展する事態が枚挙に暇がないということだ。

そういう場合のお家騒動で怖いのは、年をとってから男子が生まれると――つまり親に残された時間が少ないことから、焦りで行動が過激になり、子供にとって障害になる相手をストレートに粛清するという手段に出ることが多い事だ。

先の子供や、一族の他の男子に矛先が向けられることが多い。

この場合シンディーが、場合によっては継承の邪魔と見なされる可能性がある。

だから俺はシンディーに「新しい名字＝家」をやった。

それを使えば後継ぎ争いから離脱する名目が立つ。

何しろ「皇帝からもらった家名」を優先するという言い訳が立つから、継承を争わないという行動方針が出来る。

人間っていうのは面白いもので、この場合俺がシンディーに与えたものの方が「格」としては上なのに、ほとんどの人間はそれで後目争いに絡んでこないということにホッとする。

つまり、これが彼女の身の安全を保証する最善の一手だ。

「すごいです陛下。陛下に言われるまで、そんな事気づきもしませんでした」

「さっきも言った、親子関係が良好な証左でもある。気にするな」

「それが分かるのもすごいです！」

158 宝探しの旅

「それで、どこまで摑（つか）んでいる？」

俺（おれ）は腰を落ち着かせて、シンディーが用意した人物からのマッサージを受けながら、改めて彼女に来意を聞いた。

ある程度は予想がついている。

俺が最高速で帝都に戻ろうとするのを予想していて、それに合わせた準備もしている。

つまりは父上の件を把握して、その話をするということだ。

「さすが陛下でございます」

「お前の方がすごいだろうがな」

「私の方が？」

「お前のような女がこうまで整えて余を待っていたのだ、よほどの事を摑んでいなければできまい」

「……陛下って、本当にすごい」

シンディーは心から感動したような表情、熱に浮かされたような目で言った。

それはしかし一瞬だけのことで、すぐに表情を引き締めた。

「ノイズヒル様が参内（さんだい）いたしました」

「……二代前の第一宰相か」

シンディーは無言で、小さく頷いた。

ノイズヒルというのは、俺が子供のころの第一宰相だ。

先帝である父上の元で、三十年近く第一宰相をやっていた、父上の治世でもっとも長く第一宰相職をに就いていた男だ。

陰の功労者と評するに何らためらいのない男だ。

その後、高齢を理由に自ら辞任し、故郷へ戻っていき、政治には一切関わらなくなった。

ちなみに後釜はジャンを経て、今は俺の腹心であるドンが引き継いで第一宰相となっている。

そのノイズヒルが参内――父上の元に現れたという。

「なるほど……父上の容体は分かっているか？」

「信頼できる筋によりますと」

「うむ」

「意識ははっきりしており、対話の内容も異変はありませんとのこと。ただ」

「ただ？」

「妃達は全員遠ざけたとのことです」

「……そうか」

俺は重々しく頷いた。

シンディーの情報が正しければという但し書きはつくが、想像以上に悪いなというのが素直な感想だ。

「よく……ないのですか？」

「……」

俺はちらりと、マッサージをしている男達のほうを見た。

「ご安心を、選びに選んだ者達でございます。ここでの話がもれるような事がありましたら責任は私です」

「そこで一切あり得ないと言わないのがお前らしい」

「恐縮です」

「ノイズヒルは韜晦（とうかい）の上手（うま）い男だ」

俺は壁の方に目を向けた。

壁越しに、馬車の外の景色に目を向ける意識で話し始める。

「第一宰相を降りてから故郷にひきこもり、自身はおろか子孫たちにも政に関わらせないようにしている。普通は三十年も第一宰相もやっていればその影響力でいかようにも出来よう」

「はい、そう思います」

「が、それは恨みを買う」

「恨み……だれからですか？」

「余だ」

「陛下？」

「もっと言えば仮想上の余だ」

「仮想上の……陛下？」

「ふふ、お前も他人事ではないぞ」

「え？」

「弟が大人になって家を上手く継いだとして、その時お前はいくつだ？」

「えっと……」

困惑顔のまま、俺の「質問」に答えようと頭を巡らすシンディー。

俺はいたずらっぽい笑みを浮かべて、更に続ける。

「意気揚々（ようよう）と家を継いでさあこれからは俺の時代だ――と思っていたところに年寄りに横から口を挟まれてみろ、殺意の一つも湧（わ）こうというものだ」

「あっ……陛下のご不興（ふきょう）を買わないように……」

「そういうことだ」

俺はフッと笑った。

もちろん俺はそんなつもりはない、理があれば話を聞くし、法を破れば粛々（しゅくしゅく）と処罰するだけだ。

が、仮想上の俺――仮想上の新しい皇帝はそうではない。

老人に口出しされるのを嫌うのは若者の本能だ。

それが権力を持った、ともすれば全能感を伴うほどの権力をもった新帝ならなおのことだ。

そしてただの若者なら愚痴をこぼすだけですむのが、皇帝は帝国臣民全てに対して生殺与奪（せいさつよだつ）の権力を持つ。

その気になれば法律なんて無視して処刑が出来たりする。（その後の顛末まで考えたら決してしてはいけないと思うが）

つまり、ノイズヒルは保身のために完全に隠遁した、と俺は考えている。

「そこまで韜晦の上手い男が今更参内した。理由は上皇陛下が呼びつけた以外にないだろう」

「なぜ上皇陛下が……？」

シンディーはうかがうような目で俺を見る。

そこまで推察出来ているのならその目的も分かっているはず、という感じの目をしている。

「……妃達を全員遠ざけたと言ったな？」

「え？　はい」

質問を質問で返されて、虚を突かれたシンディーが戸惑いを加速させながら頷いた。

「……そうか」

「えっと……ッ！」

更に何かを聞こうとするシンディー、しかし途中ではっと息を飲んだ。

そして目を見開き、驚愕した顔で俺を見つめた。

俺は無言で小さく頷いた。

つまりはそういうことだ。

理由、そして根本的に父上の容体。

それは、推察は出来ても「余の口からは言えない」ものだった。

よほど良くないのだろう。

あの父上が女を遠ざけたのもそうだし、ノイズヒル――三十年にわたって第一宰相を務めた腹心の中の腹心を呼びつけたのは遺言をしたためるためだろう。

もちろん推察だ。

状況証拠を組み合わせた推察でしかない。

しかし、だからこそ。

俺の――皇帝の口からは決して言葉にしてはいけない内容だった。

「…………安心しろ」

「え？」

俺は壁の方を見つめたまま、シンディーに話す。

「すぐにどうこうなることはない、何がどうなろうが間違いなく猶予はある」

「それは……どうして？」

「上皇陛下は昔、余にこんなことを話してくれた」

俺はあの時の父上とのやり取りを思い出しながら言った。

すっかり想い出の中に溶け込んでいた父上の台詞を口にした。

「名君と呼ばれる人間は、十人中九人が晩節を汚している。お前もそう思うだろ？」

「……はい」

「上皇陛下はそれをとても案じておられた。生前退位で余に帝位をゆずったのもその一環だ」

「それはなぜ？」

「どんな人間であろうと、今際の際のもうろうとした状態で最善の判断など出来ないものだ」

「あっ……」

「自分がまだちゃんとしているうちに、もうろくし晩節を汚すような老害に成り下がる前にちゃんとした後継者を選んで、波風立てずに権力の移譲をしたい。というのが上皇陛下のお考えであろう」

「なるほど」

「一度経験すれば、類推もできる。余も、まだ頭がはっきりしているうちに大事な事をちゃんと決めておきたいと思う」

つまりは遺言をということだが、ここも直接的な表現はぼかしておいた。

これまた状況証拠からの推理でしかないが、全くの的外れという事はないはずだ。

「な、なるほど……」

シンディーはそう言い、頷いた——が。

顔が強ばっていて、その上青ざめている。

帝国の黄金期を築いき上げた賢帝、生まれたときからずっと皇帝だった男の死期が近づいていると知って震えている。

俺は直接的な表現をぼかしにぼかしたが、シンディーほどの聡い女であれば「むしろ」はっきりと伝わるというものだ。

が、すぐに何かを覚悟したかのように、決意をかためた表情にかわった。

「陛下」

「なんだ？」

シンディーは再び俺の前に平伏した。

主人となる人間が平伏する気配に按摩(あんま)の男達は、目が見えないながらも何かに気づいた様子で動揺したのが、肩や腰を揉(も)む感触で伝わってきた。

「なんのつもりだ」

「誓って何も口外致しません、ですが、態度を隠し通せる自信もございません」

「そうか、ふむ」

「ですので、私を――」

「アルメリアの辺境の地に不老不死の妙薬があると風の噂で聞いた」

「――え？」

きょとんとしたシンディー、なんの事かと驚いた。

両手両足を床につけたまま、顔だけ上げて俺をみた。

「それを探してこい。つまらん噂だから余計な人を使わなくていい、お前が一人で宝探しして、三ヶ月後に余の所に報告に来い」

「……ッッ！」

シンディーははっとした、俺の意図が理解できたようだ。

ようは、隠し通せる自信がないから口封じしてくれと彼女は言うのだが、俺はそれに対して適当に理由をつけて半年間一人で辺境に行ってこい、だれとも会うなと言った。

つまりは彼女を生かすための口実を適当につけてやったのだ。

それを理解した彼女ははっとした。

「それと――これも持っていけ」

俺はマッサージする男の手をとめて、新しい紙をとってペンを走らせた。

そして、それをシンディーに手渡す。

シンディーは体を起こして、跪いた状態でそれを受け取る。

紙には「人は宝」とだけ書いた。

「これは……？」

「軽々しく変な事を考えるな。三ヶ月間、一日一回はそれ音読しろ」

「陛下……」

シンディーは感動し、跪いた状態のまま俺直筆の「人は宝」を胸にかかえて、目を潤わせた。

「人は宝、人は――はっ！」

早速音読をしたシンディー、何かに気づいたかのようにはっとした。

「はやいな」

俺はふっと笑った。

人は宝。

その言葉は彼女に変な気を起こさせない以外にもうひとつ意味があった。

シンディーを不老不死の妙薬という、あるはずもない「宝探し」の旅に出した。

三ヶ月後どうなっているのか分からないが、彼女が人と会えるようになった頃に、「宝探し」が不老不死の薬から人に変わる事を望んでそれを渡した。

ついでに誰（だれ）か人材を見つけてこい、というメッセージだ。

人材も貴重だが、不老不死の妙薬なんぞよりも遙（はる）かに見つけやすい。

それをシンディーは出発前に気づいた。

「聡いな、お前は」

「陛下こそ……本当にすごい……」

159 子は親を越えるもの

NOBLE REINCARNATION

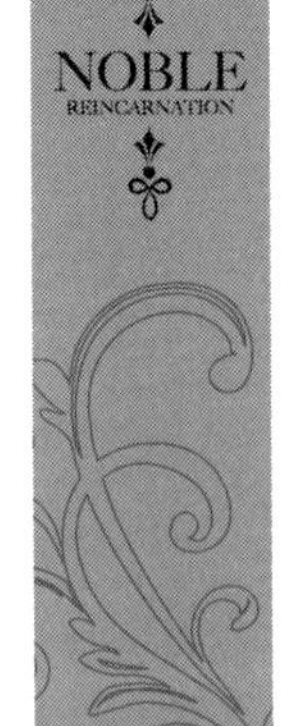

シンディーと別れたあと、俺は彼女が用意した馬を駆って、再び帝都への帰路を急いだ。
シンディーが用意した馬はかなり良質なもので、速さや体力はもちろんのこと、手綱への反応――つまり人間からの指示には過不足なく反応してくれる、いい馬だった。
選りすぐりで、かつ腕利きにより調教がみっちり積まれてきたのが乗っているだけでよく分かる。
その馬のおかげで、予定からほぼ遅れることなく、かつ体力をかなり温存した状態で帝都に帰り着くことが出来たのだった。

☆

夜、皇后の寝室。

帝都の離宮、もと十三親王邸に戻ってきた俺は、意識逸らしの技を駆使して、オードリーの部屋に潜入した。

オードリーは机の前に座り、物静かに読書をしている。

気配そらしの技を解除し、わざと足音を立ててオードリーの前に立った。

夜間の照明は俺の足元だけ照らして、上半身は闇の中に隠れたような状態だった。

「……だれ？」

オードリーは一瞬ビクッとして、身構えた。

しかしほとんど動揺する事なく、誰何しつつゆっくりと顔を上げた。

「動じないのだな」

「陛下」

声で俺だと分かって、オードリーは大輪の花が咲いたような、少女のような笑みを浮かべて立ち上がった。

「いつ、お帰りになったのですか？」

「ついさっきだ。余が戻った事はまだ内密にな」

俺はそう言い、唇に人差し指を当てる古典的なジェスチャーをした。

その仕草一つで、オードリーは少女の笑みから皇后の厳かな表情に切り替わった。

「何かあったのですか？」

「それはこっちが聞きたい。帝都で何か変わった事はなかったか？」

先入観を与えないために、俺はなんの事かは限定せずに聞いた。

オードリーは思案顔をした。

「変わったこと……はございませんが、兄が今年の騎士選抜の選抜官が誰になるのかを探ってきました」

「ふむ、ねじ込みたい家人でもいるのかな」

「はい」

オードリーはそう言いながら、今しがたまで自分が座っていた椅子を袖で軽くはたいた。

それで綺麗さがさほど変わるわけではないが、結婚している皇族の給仕をするのは正室の役目、というのは皇帝・皇后になっても同じだから、オードリーは形式的に椅子を「綺麗にして」俺を座らせた。

俺はそれに座り、オードリーの手をとって、側にあるもうひとつの椅子に座るように促した。

オードリーは「いけませんわ」というような表情をしたが、俺は「二人っきりだから構わん」と視線で返した。

オードリーは一呼吸の間だけためらったが、俺に従って椅子に座った。

二人とも座って、同じ視線の高さでやり取りを続けた。

「何人位なのかは聞いているか?」

「直接は聞いていませんが、兄の家人が一人、伝手で託されたのが一人」

「ありがちだな」

「はい」

オードリーはそうとだけ相づちをうって、それ以上は何も言わなかった。

彼女は賢い、ここで俺が求める回答以上に意見を言うことは国政干渉になりかねないと分かっている。

後宮、特に皇后のルートから干渉して国政を誤らせたケースは歴史上枚挙に暇がない。

彼女はそのことをよく知っていて、己が「本分」をよく守っている。

「今年の試験官はオスカーだ、それを伝えてやるといい」

「よろしいのですか？」

「ああ、そのかわりオスカーだと知ったあと、どういう行動をとったのかを追跡しろ」

「顛末を陛下にご報告すればよろしいのですね」

「いや、もしオスカーに賄賂を送るようなありきたりな事しかしないのなら報告しなくていい、そのまま見なかったことにしろ」

「……陛下はすごい」

「ん？」

改めてオードリーをみた。

彼女は感嘆していた。

「そして、お厳しい。もしも賄賂でどうにかしようとしたら、今後一切陛下のお眼鏡にかなう事はないのでしょうね」

「実力ある人間ならどこかで頭角を現してくる」

「……っ！　だから報告させないのですね」

俺はふっと笑った。

俺も人間だ、そこで詳細、つまり名前を聞いてしまえば色眼鏡で見てしまわないとも限らない。

本当に良い人材だった場合、そして将来何かしらの形で俺の前に現れた場合。

先入観無しで登用するためにも知らない方がいいと思ったのだ。

「すごいです、陛下」

オードリーはますます感動し、尊敬の眼差しで俺を見つめた。

尊敬の熱がピークを過ぎて、オードリーははっと思い出したような顔になった。

「申し訳ございません、陛下。陛下が内密で戻ってくるほどの『なにか』はなにも……」

「そうか。かまわん、お前はそれでいい」

「本当に申し訳ございません……陛下のお役に立てずに」

「お前は後宮の主、国母だ。『知らなくていい』事は知らなくていいし、知らなくていい事を『知らないふり』し続けていられるのならもっと褒めてやる」

「あっ……」

オードリーは頷き、真顔になった。

「分かりました、これからも内事はお任せください」

「ああ、それでこそだ」

俺は手を伸ばして、オードリーの頬に触れた。

オードリーはその手に頬を預け、甲の方に自分の手を重ねて、愛おしげにさすった。

皮肉なものだ、と俺は思った。

第十四皇女アーリーンと、その婿アンガス・ブル。

少し前に二人のために伝統の一部を取っ払い、二人を「皇女と入り婿」のくさびから解き放ち、普通の夫婦にしてやった。

そんな俺が、ここで伝統に縛られている。

皇帝と皇后、夜の閨房すら記録に残るお互いの身分と立場を鑑みれば、今のふれあいが最大級の愛情表現だった。

だけど、俺も人間だ。

ノアになる前は庶民だった。

庶民の——人としての情愛はとうに忘却の彼方だが、まったく知らないわけではない。

オードリーがとても愛おしく感じられた。

「オードリー」

「はい」

オードリーはしっとりした、穏やかな声で応じた。

「余は今決めたぞ。父上は六十年間在位していた。余は決してそれを超えない」

「上皇陛下を見習って譲位なさるのですね」

「ああ、自分がまともなうちにまともな後継ぎに譲ることにする」

「すごいです陛下、権力をまるで意にも介さないなんて」

「だからオードリー」

俺はオードリーをまっすぐ見つめた。

オードリーは俺の視線に少し驚き、戸惑った。

「お前も長生きしろ」

「え？」

「老後を余と過ごせるように健やかでいろ」

「――っ、はい！」

オードリーは頷き、さっきよりもはるかに、嬉しそうに微笑んだのだった。

☆

オードリーの寝室を出て、離宮を離れ、帝都の大通りを歩いた。

帝都の夜は眠らない。大通りは歓楽街を縦断していて、完全に日がおちた後でも享楽を求めて人々が行き交っている。

俺は一直線に第一宰相邸――ドンの屋敷に向かった。

屋敷の表には門番が立っていて、かがり火がたかれている。

ここで意識そらしの技を使って中に入った。

「――はっ！」

この技の威力をもうひとつ、思い知った形だ。

これまでは――いや、今までの誰もが、「極秘の訪問」をいかにして「極秘」にとどめておくのかに腐心したものだ。

いかに当事者同士の口が堅かろうが、そういう「極秘」の訪問をするような身分の時点で、まわりに多くの人間がいる。

人払い一つとっても、「人払いをした」という事実が残る。

秘密というものは、関わった人間が多ければ多いほど、露見する確率が爆発的に上がるもの。

この技であれば、「極秘」は当事者同士、今回の場合俺とドンの二人だけにとどめておける。

「父上を……越える事ができる？」

歴史書で読んで、心に深く刻み込んだ言葉が脳裏に浮かび上がってきた。

160 スタートライン

『親は子を育て、子は親を越えていく。人類はそうやって少しずつ発展してきた』

かつての大兵法家であり、哲人でもあったフォント・グドンが残した言葉だ。

父上が俺に帝位を譲った時から、俺が胸に秘め続けてきた事が一つある。

それは、父上をいつか越える事。

父上を最後まで名君とするには、自身が案じたような「晩節を汚す元名君」にしないためには、俺が父上の指名に応えなくてはならないと思った。

どの家もそうだが、初代の功績を食い潰す二代目三代目というのは珍しくないものだ。

そうならないようにしたい、生前譲位を敢行した父上の判断を正しいものにしたい。

それには、俺が父上に勝るとも劣らないほどの名君にならねばと思ってきた。

フォント・グドンの言葉にはそれが詰まっている。

父上は名君だった。

自分の治世のみならず、その先の事まで見通す事ができるほどの名君だった。

そのためには俺は父上を越えなければならない。

だが、今までは父上を越えられずにいた。父上の判断を汚してはいないつもりだが、越えては絶対にない。

その代表的なものが、あの父上の圧倒的な情報網だ。

あの情報網はとてつもないものだ。

俺は様々な人外の力を借りてここまでやってきたが、あの情報網だけは未だに真似るどころか見当もつかない。

俺と父上の差、その最たるものだ。

それが、初めて越えられそうな。

出し抜くことが出来そうな。

そんな気配がした。

俺は立ち止まったまま少し考えた。

父上の情報網、父上側の視点に立って考えをシミュレートしてみた。

「……俺が帝都に戻ってきてることは間違いなく伝わっている」

帝都に入るまで、早馬を飛ばして都に入ってくるまでは気配そらしの技は使っていない。

父上がどんな形で俺の事を見ているのかは分からないが、父上が倒れた事を掴んで、俺がすっ飛んで戻ってきた事は間違いなく伝わっている。

今までの経験からそれは間違いない。

その後気配そらしを使って、オードリーの所に行った。

ここで一度見失っただろう――無論、この技が父上側にも通じている事が前提だが、それがだめならそもそも――の話になるから通じてる前提で考え続けた。

見失っただろうが、オードリーの動向もキャッチしているはずだから、俺がオードリーの所に姿を現した瞬間、また見つけたはずだ。

そもそも、オードリーは皇后。その一挙手一投足は実質監視されている。

皇帝に「私」はなく「公」のみがあるとよくいうが、皇后は「少しまし」なだけで、やはり「私」はほとんどない。

父上の情報網じゃなくても、時間がたてば俺が帝都に戻ってきた事は方々に伝わる。

だから、「皇帝ノアは帝都に戻ってきた」、ここまでは間違いなく父上側に伝わっている。

そして今、また見失っているはずだ。

見失っているが、帝都にはいる。

それが、父上側から見た俺の情報のはず。

ここから出し抜くにはどうすればいいのかを考えた。

「……いや」

待てよ、と俺は思った。

そもそもの前提がもうひとつあった。

「……」

俺は考えて、考えを頭の中でまとめた。

そして、まずはそれを確かめようと思った。

ドンには会わずに、引き返して屋敷を出た。

屋敷を出て、再び不夜城のごとき帝都の大通りに出た。

大通りを普通に歩いた。

「っと……気をつけろ」

「すまん」

普通に歩くようにしたことで、通行人とぶつかりそうになった。

避けることも出来たが、確実に「切ってる」という確証がほしくて、ぶつかりそうになった。つまり俺の事を認識しているということを確認した。

そのまま歩いて、少しずつ人気のない所に向かっていく。

人気が減っていく、徐々に減っていって、俺が確実に把握出来る程度の気配、十人程度の気配しか感じない、歓楽街の外れにやってきた。

そこで、気配そらしの技をつかった。

「ん？」

「なんだ？」

「誰かいるのか？」

まわりの人間が一斉にそらした方向に視線を向けた。

何か気配を感じた――それで視線を向けた。

俺はそう仕向けつつ、集中力を研ぎ澄ませた。

そしてさぐった。

――いた。

意識そらしをしたのにもかかわらず、一つだけ、俺に意識を向けたままの気配があった。それに気づいた――見つけた。

この技を編み出したとき、ヘンリーに技の弱点を話していた。

あくまで意識をそらすだけの技だ。

だから戦場とか、集中力が高まった場所でやっても効果は薄いか、そもそも出ないものだ。

日常生活で背後からガサゴソと物音がすればまあ振り返るが、戦場とかだとそれ所じゃない、ってなるわけだ。

それと同じことだった。

父上の情報網はものすごいものだ。

それを担っている人間もたぶん凄腕揃(ぞろ)いだ。

主君である上皇の命令で皇帝の事を見張っている。

その命令を受けた凄腕が発揮するのはどれほどの集中力だろうか。

どう低く見積もっても多少の気配そらしにひっかかるようなものじゃなく、強くすればするほど逆に警戒して一層集中して俺を監視するはず。

そう思ってやってみたら、そして「それがある」前提でやってみたら――見つけた。

俺を監視している気配を見つけた。

「……」

自分が高揚するのが分かった。

初めて、そうこの歳になって初めて。

転生して数十年。

初めて父上の情報網の、その正体の入り口に触れる事ができたのだった。

☆

「本当ですか？」

ドンの屋敷の中、その書斎。

俺はドンと向き合っていて、密談をしていた。

俺の説明を受けたドンは驚愕していた。

「うむ、おそらくだが、間違いないだろう」

「すごい……まさか上皇の情報網をつかむことができるなんて……」

ドンはそう言い、表情が感動から驚愕に横滑りしていった。

「お前もとんでもないものだという認識なのだな」

「ええ、もちろんです」

ドンははっきりと頷いた。

「上皇陛下のあの情報網、何をどうしているのか今までまったく見当もつかなかったです。なのに会った人間や話した言葉どころか、独り言の内容から下手したら鼻をほじった回数まで筒抜けなのです」

「よくわかるよ、余も子供の頃から何度もその場面に立ち会ってきた」

「それを……本当に?」

「十中八九、間違いないだろう」

「やはり陛下はすごい……あっ、でもそれだとこのやり取りも――」

はっとしたドンはまわりを見回した。

第一宰相の私邸、しかも自分の書斎という、本当ならもっとも安全な場所なのだが、父上の情報網のすごさをいままで体験してきたドンはここでもバレかねないと思っているようだ。

「それなら問題ないだろう」

「それはどうして?」

「すこし目を閉じていろ、十秒程度でいい」

「え? はい……」

ドンは言われたとおり、素直に目を閉じた。

俺は足音を殺して、音を立てずに意識して、書斎から出た。

そこで少し待つと――。

「目を開けます、陛下。――え?」

書斎の中から、ドンの驚いた声が聞こえてきた。

「陛下？　どこにおられるのですか？　え？　いる？」

明らかに困惑しているドン、俺は「切って」、中にもどった。

「陛下⁉　今のは」

「余の存在感だけを残した」

「陛下の……？」

「ちょっとした応用だ。自分の気配を消すのではなく、気配をその場に偽装して残すものだ」

「……それで追手を巻いてきたという事ですか⁉」

「そういうことだ」

「…………はあ」

驚きが限界を超えた、といわんばかりの呆(ぼ)けた表情になったドン。

たぶん間違いなく巻いてきたはずだ。

向こうの気配をつかめたから、俺が残した気配でその場に釘つけになったのは、はっきりと分かった。

だから、巻いてきたのは間違いないはずだ。

「すごいです……陛下……」

ドンはその事に、いつまでも驚愕し、感動したのだった。

161 頼りにしたい男

「……ですが」

「うむ？」

「陛下は気配とおっしゃいました。それでしたら私の所に来たのは……私もきっと先帝陛下に常に把握されているはずです」

「それなら大丈夫のはずだ」

俺(おれ)はそう言って、ドンの所にやってきた時の事を思い出す。

「入ってきた時は気配をお前の所に集中させた。今も余自身の気配は消している。視認されない限りは大丈夫だ——さすがに外からは『見えない』のであろう？」

「それはもちろん。この地位にいれば多少なりの対処はします」

ドンは頷(うなず)きつつ、感心した。

「つまり今、私は一人でこの書斎の中にいる——ということなのですね」

「ああ」

「その組み合わせ方、すごいです」

「これで完全に出し抜いたとは思えないし、そもそも時間との勝負でもある」

「時間、ですか？」

「余は気配を置いてきた、そう言ったはずだ」

「……」

ドンは考えた。

俺の言葉が事実上質問している、クイズのような事をしていると分かったのだ。

「あっ、陛下は一つの所にとどまらない」

「そうだ」

俺は小さく頷いた。

「よほどの事が無い限り、余が一カ所にとどまり続ける事はほとんどない。気配を置いてきた場所ならなおさらだ」

「動かずにいればいずれ怪しまれる……ということですね」

「そうだ。試験は成功した、早いうちに戻って一度移動しなければならない」

「なるほど！　それで、その先はどうなさるのですか？」

「それはお前には教えられない」

「え？」

ドンは一瞬、虚（きょ）を突かれたかのように驚いた。

しかしすぐにはっとした。

「私には？」

「うむ」

「私にも、ではなく」

「そうだ」

「承知致しました」

ドンは納得し、頭を下げた。

「では、せっかく陛下にお越しいただいたので、処理したい案件が一つあったのですが、それもお聞きしない方がよろしいのですね」

「その通りだ」

俺ははっきりと頷いた。

飲み込みの早いドン、これがあるからこそ、俺はドンを腹心にすえて、第一宰相にも取り立てた。

「余がそれを聞いて指示を出せば、そこには余の『気配』が生まれる」

「そうですね」

「更に言えば、お前の事だ」

「え？」

「余がたとえ指示を出さずとも、余の顔色を見て推測するだろう。それもやはり余の気配が混じる」

「あっ……すごいです陛下、そこまで考えて」

「……」

俺はふっと微笑んだ。

「ではその件は陛下がお見えになる前の予定通りに進めます」

「それでいい」

俺は頷き、さて、とドアの方を見た。

☆

ドンの所を離れて、一度「気配を置いてきた」所に戻って、通常通りにした。

そして移動をはじめた。

大通りをなるべく「人を避けて」進み、やがて、オスカーの屋敷にやってきた。

オスカーの屋敷の表には、当たり前のように夜番についている門番がいる。

門番の男は俺を見るなり忠実に仕事を遂行した。

「止まれ！　このような時間になんの用だ！」

「騒ぐな。オスカーはいるか？」

俺はあえて声を押し殺し、神妙な顔をして聞いた。

「なんだと――はっ！」

「騒ぐなと言った」

「は、はい」

オスカーの屋敷の門番は俺の事を知っていた。

それならば面倒はない、と、俺は門番に言った。

「極秘だ、直接オスカーの所に案内しろ」

「ははっ！」

門番はそう言って、俺を先導して歩きだした。

俺はその後についていった。

途中で二度ほど屋敷の使用人と会ったが、門番の男がなにか符牒めいたものを送ると、使用人達はすぐに驚きをおさめて見て見ぬふりをした。

教育が行き届いているな——と、そんな事を思っていると書斎に案内された。

ドンと同じように、オスカーもこの時間になるまで書斎にこもりっぱなしのようだ。

門番はノックをした。

「だれだ」

「……」

門番は無言でドアを開けた。

書斎のデスクでなにか書きものをしていたオスカー。

部下が返事も無しに行動に移したことを不思議がって顔を上げたが、そこに俺がいるのを見て違う驚きに変わった。

それもすぐさまに収めて、門番に言った。

「ご苦労、下がっていなさい」

「はっ」

門番は命令通りに下がった。

俺が書斎の中に入ると門番はゆっくりとドアを閉じた。

「こんな時間まで大変だな」

「王族の責務ですよ。陛下の方がよく分かっているのではありませんか？」

「そうだな」

俺は書斎の中に進んだ。

オスカーの書斎は、デスクと椅子(いす)が1セット、後は本棚くらいしか家具はなかった。

つまり座れる場所は一つだった。

オスカーはすっと立ち上がり、自分の椅子を俺に譲った。

俺がそこに座る前に、オスカーは言った。

「まずは諫(いさ)めさせて下さい。以前も言いましたが、それは皇帝が冒していい危険ではありません」

オスカーは俺がここまで戻ってきた方法の事を指摘した。

以前も一度、超特急で、馬を乗り潰(つぶ)して帝都に戻ってきた事がある。

超特急というのは、馬を乗り潰すのはもちろん、乗っている人間の安否さえも無視して、とにかく速くなにかを届ける方法のことだ。

それと同等のやり方で戻ってきたのだが、その時もオスカーに諫められた。

「小言は後で聞く。それよりも話すことがある、絶対に話が漏(も)れない所はあるか？」

「わかりました、こちらへ」

オスカーは即答した。

皇帝が夜間に、しかも単身で極秘でやってきた。

そうして外に漏れない所で話がしたいと言ったのだ。

オスカーは有能な人間だ。この状況で「なんで？」などと、無粋な疑問は口にしない。

オスカーが先に廊下に出た、ランタンを持って先導した。

その後についていき、廊下を少し歩いてから庭園に出た。

親王の格式にそった庭園をしばらく進むと開けた場所があった。

とても広く、「草原」に見えてしまうほどの開けた場所だ。

その開けた場所の中心には塔があった。

「新しく作らせたのか？」

「ええ」

「なるほど。密談は極端に閉じた場所か極端に開けた場所がいい――その両方を兼ね備えた場所というわけか」

「そしててっぺんのあの作り、上から下は見渡せるが下から上は見えない、ということか」

「……ひと目で全て見抜かれたのは初めてです」

「この作り、真似させてもらうぞ」

「……」

前方を歩くオスカーは振り向いた。

ランタンに照らし出されるオスカーの顔は驚きに染まっていた。

「どうした、ダメなのか？」

「すごいですね、陛下。まさかそんなストレートに言われるなんて思いもしませんでした」

「いい発想がいい形になっているからな、学ばない手はない」

「光栄です」

そう話すオスカーについていき、塔の上に上った。

塔の一番上はテーブルと椅子だけがあって、他には何もなかった。

「どうぞ」

「うむ」

俺とオスカーはテーブルを挟んで座った。

俺に先に座らせたが、書斎の時と違ってオスカーも座った。

密談であればこの形――ということだろう。

「実はこれ、先帝陛下への対策なのですよ」

オスカーが先に言った。

それで俺は、オスカーが俺の来意に目星をつけている事がわかった。

「ふむ、密談をしている事まではもうバレるのを諦(あきら)める代わりに、内容だけは隠し通す、というわけか」

「先帝陛下のあの情報網のすごさは陛下もご存じの通りですから」

「そうだな」

俺は頷き、本題を切り出した。

「父上の容体はどうだ？」

「わかりません。私にも一切伝えられていません。前の宰相が戻ってきて、今は陛下のまわりにつきっきりということまでは分かっていますが」

「余と大差はないというわけか」

「むしろ外地にいた陛下がそこまで摑んでいることがすごいのですけどね」

オスカーは自嘲気味に微苦笑した。

「実情を知りたい、より詳細な」

「それはもちろんです。でも、方法がありません」

「余が自ら探る」

「陛下が？」

オスカーは驚き、眉をひそめた。

「お言葉ですが、先帝陛下がここまで隠そうとしている、陛下にすらも隠そうとしているのですから、陛下の対策は万全です」

「それの対抗策が一つある、時間との勝負になるが」

「……そうですか」

「だからお前の協力が欲しい」

「………私を信用するのですか？」

俺は少し驚いた。

オスカーにしてはかなり踏み込んできた、腹を割った内容の質問だ。

だから俺も同じように踏み込んで言った。

「父上の安否を知りたいという一点では、余とお前は同じ思いのはずだ」

「……ええ」

「皇帝の権威の維持、これもまた目的は同じのはずだ」

「………………すごいですね、私相手にそこまで踏み込んでこられるなんて」

「時間の勝負と言った。それに」

「それに？」

「お前の事は頼りにしたい。これは本音だ」

「……………」

オスカーは押し黙った。

複雑そうな顔で俺をしばし見つめた。

「……時間との勝負でしたね」

「ああ」

「つもる話はいずれしましょう」

「助かる」

「私はどうすればいいのですか？」

「詳細は終わった後に説明する。お前には誰とも接触せず、余が戻るまでここに一人でいてほしい」

「分かりました。ご武運を」

オスカーは何も聞かずに、俺の提案を受け入れた。

やっぱり有能な男だ、オスカーは。

オスカーのことはこの先もずっと頼りにしたい、できる存在でいてほしい。

俺は本気でそう思いながら、気配をオスカーの塔に残してその場を去った。

一直線に、父上がいるであろう宮殿に急行したのだった。

気配そらしの技を使って、入り口の番兵の意識をそらして、難なく宮殿の中に侵入する事ができた。

夜間の宮殿は人の気配がなく、静まりかえっている。

入った直後のロビー近辺は石造りの廊下だったから、一歩目を踏み出したときは予想以上に足音が響き、俺はより忍び足にすることを強く意識して、先を進んだ。

数十年間、ノアに転生してから通い続けてきた宮殿。

父上が皇帝だったときはもちろん、譲位して上皇となったあとも、俺は帝都にいる時は日参している。

目をつぶってても道が分かるくらい慣れ親しんだ宮殿の中を進む。

まずは一直線に、父上の寝所に向かう。

病気だから寝所にいないかもしれないが、まずはそこに向かった。

結果からいえば、それは無用な心配だった。

寝所の前にやってきた、そこに門番はいなかった。

しかし扉に耳を当てると、中から会話する声が聞こえてきた。

会話は二人、どちらも年老いた男の声。

片方は聞き間違えようのない父上の声だ。

『続きまして、陛下のお言葉をまとめました、語録集となります』

『余の言葉か、それは後回しで良かろう。成したことに比べればさほど重要でもない』

『陛下ならそうおっしゃると思っておりました。しかし、既にひな形がございますので』

父上と話している相手の声もそこそこになじみのあるものだった。

それ単独だと分からなかったかもしれないが、俺は事前情報を仕入れているからすぐにピンと来た。

父上の下でもっとも長く、三十年間にわたって第一宰相を務めたノイズヒルの声だ。

他に声が聞こえない、気配も感じられない。

番兵がいないことから、父上は人払いして、腹心と内密の話をしているようだ。

『ひな形だと？』

『はい、今上陛下がまとめたものでございます』

『ノアが？　ああ、そういえばそのようなものを進めていたな』

『今上陛下は陛下の事を心から尊敬しておられます。かねてより陛下の偉業をまとめさせていたようでございます』

『それをしていたことは知っていたが――見せてみろ』

部屋の中で、父上がノイズヒルから何かを受け取って、パラパラと紙をめくる音が聞こえてきた。

『……自分自身の発言など必要ないからと詳細の確認まではしていなかったが、こうも詳しく調べ上げていたのか』

『私もおどろきました』

『この「為政者は誰に対しても憎しみを持つべきではない」など、余が若い頃に何度か口にしただけの言葉だ』

『私が陛下に仕えて間もない頃でしたね。確かにおっしゃっていた記憶がございます。これを見るまですっかり忘れておりました』

『余もそうだ。すごいな、ノアは』

部屋の中では、父上とノイズヒルが俺の話をしていた。

俺は少し迷っていた。

このままここにいるべきか、立ち去るべきか。

俺の話をしている――のはこの際どうでもいい事だった。

俺が立ち去るべきか悩んでいるのは、父上がかなり元気そうに聞こえたからだ。

ドア越しでも分かる、はっきりとした口調と語気。

とても重病人のそれではない。

父上が病に伏せているわけではないと知れたのは大きい。

ならば長居は無用だが、その一方で父上が何を考えているのかが気になる。

引き上げるか、居残って探り続けるか。

それを悩んでいた。

『そのノアは今どうしている？』

『まだオスカー様と密談をしているようでございます』

『オスカーか……』

一瞬どきりとした。

この話になってしまったことで、今すぐに引き上げるという選択肢がなくなってしまった。

俺は息を殺して、部屋の中のやり取りに更に耳を澄ませた。

『私はもう外部の人間でございますので』

『……うむ？』

『陛下の在位中に、「あの法律」を復活させていれば、法に厳正な今上陛下の役に立ったのでは、とどうしても思ってしまいます』

『兄弟殺しのあれか』

「――っ！」

俺は息を飲んだ、どきっとした。

あの法律、とかなりぼかした表現だが、俺はすぐになんの事なのかわかった。

数百年前、帝国の前の王朝に、ある法律があった。

皇帝が即位すると兄弟達を粛清(しゅくせい)する事ができる、それを正当化した法律だ。

帝位にまつわる兄弟間の骨肉の争いは歴史上延々と繰り返されてきた。

それを解決するためには、即位してすぐに邪魔者を一掃すればいい、という発想である。

ここ最近、歴史に興味を持ち調べていくうちに目に入ってどきっとしたものに、ここでまたどきっとさせられた。

もし、その法律があったら……。

俺はその時も、そして今も。

背中に嫌な汗が伝っていた。

『確かに、それがあれば法を守ろうとするノアはオスカーを処分できただろう。しかし』

『しかし？』

『ノアは既に一度兄殺しをしている、やむにやまれず』

『……ええ』

『余ももうそれを見たくない、させたくないのだ』

『そうでございましたか』

「……」

父上達の話を聞いて、俺は逆に急激に落ち着いていった。

二人が話しているのはアルバートのことだろう。

かつて父上に謀反を起こそうとした第二親王アルバートを、俺が止めて、自殺という「恩情」で殺した。

その時の事を言っているのだ。

『……』

『……』

『……』

『申し訳ございません、陛下』

『……よい。少しだけ一人にしてくれ』

『はい』

ノイズヒルが応じた。

ドアのほうへ足音が向かってきた。

俺はドアからとっさに離れて、廊下の物陰に隠れた。

ノイズヒルは寝所から出てきて、そのまま立ち去った。

俺はどうするべきか、と悩んでいると。

『100』

ん？

部屋の中で父上が何かをつぶやいた。

数字の100、それが何を意味しているのか――。

「ノア、いるのなら入れ」

「――っ！」

俺は驚いた。

どこで見つかった？

まったくミスはしなかったはずなのにどこで見つかった？

そんな事を考えたが、父上がそうやって呼ぶ以上入らないわけにはいかない。

俺はノイズヒルがいったん閉めたドアを開けて、中に入った。

巨大な寝台の上に父上がいた。

背もたれに背中をもたせかけて、足にはシーツを被せている。

その格好でこっちを向いた。

「……ふむ」

「いきなりのご無礼、お許しください、父上」

「よい……すごいなノアは」

「え？」

いきなりなんだ？　と俺はきょとんとなった。

この「すごいな」はどういう意味なのか、理解できずに眉をひそめてしまう。

「100点満点、余の想定の一番上に来たな」

「あっ……」

さっき父上がつぶやいた「100」はそういう意味なのか、と理解した。

しかし何をもって100点なのだろうか。

「何がどう100点なのか、という顔だな？」

「はい」

「お前が帰朝したことを余が掌握している――は、あえて説明するまでもないな？」

「はい」

「報告は受けた。常にお前の行動は把握していると、その詳細もつぶさに報告された。異常なし、となしかしだ、お前の目的を考えれば、どこかで余の容体をちゃんとした形で確認せずにはいられない。そうでなければ自ら戻ってきた意味がない」

「おっしゃる通りでございます」

「それで色々と想像してみた、その中でもっとも余を出し抜いた形がこのタイミングなのだよ」

だから100点――なるほど、と俺は頷いて、納得した。

父上の言いたいことはわかった。

父上から100点をもらえたというのは嬉しい一方で、完全に出し抜けたというわけではない、まだまだ想定内ということにちょっと落胆した。

それを悟られぬように、話を変えた。

「父上が元気そうで安心しました」

「見た目で判断するのは早計だぞ？」

「いいえ、見た目ではございません」

「ほう？　では？」

「父上が『終活』をなさっているからです」

「ふむ？」

父上は頷き、俺をまっすぐ見つめてきながら、目で「続けろ」と訴えてきた。

「父上はかねてよりこうおっしゃってきました。『名君と呼ばれた者の九割は晩節を汚している』」

「うむ」

「父上はそうならないために全精力を、全心血を注いでいるといっても過言ではありません」

「その通りで」

「自分が父上であれば、と考えたらどのタイミングで終活をするのか。それは万全なとき。もっと厳密に言えば『弱ってきたと自覚したけどまだまともな判断ができる』というタイミングでやります。まったくだめだと判断すれば逆に何もしません」

「……これも100点だ。すごいなノアは」

また父上に褒められた。

やはり健康面は「そこまで悪くない」ようだ。

そのことには安堵しつつ、俺は更に続けた。

「ですが、それでは一つ不思議な点が」

「余がこれを秘密にして、妃らを遠ざけて謎を演出したことだな？」

「はい」

俺は頷いた。

父上はフッと笑い、更に質問してきた。

「余の体調が謎に包まれればどうなると思う？」

163

成長の手立て

「よからぬ事を考える者が出てくるでしょう」

俺は即答した。

考えるまでもなく答えられた。

それは日が東から昇ってくるのと同じくらい、当たり前の事だった。

俺が即答したのを、父上は満足げにうなずいた。

「そうだ。権力が交代する瞬間はいつの時代も、そしてどこの領域であっても動乱がつきまとう」

「……語弊を恐れずに言わせていただければ」

そこで一旦言葉を切って、一呼吸あけて、まっすぐ父上を見つめながら、言った。

「陛下が身罷った後は、史上最大級の動乱が予想されるでしょう」

「だからこそ早めに譲位をおこなった」

「であってもゼロにまではなりません」

「だから体調不良を最大限に活かしたのだ」

「……不届き者をあぶり出すため」

「そうだ」

父上は小さく頷いた。

神妙な顔をして、視線を俺からはずして、窓の外を見つめた。

「人生の総仕上げという最後の大仕事をしている。一つでも失敗をすればやり直す時間のない、人生でもっとも難しい仕事だ」

「……お察し申し上げます」

俺は小さく頭を下げた。

人生の中には失敗をする事がままある。

若いうちは失敗をしてもやり直せばいい、というよりやり直す時間が残されているものなんだが、父上の歳になるともうそんな時間もない。

一切のミスが許されない最後の仕上げ。

「失礼ですが」

「うむ？」

父上はこっちに視線を戻した。

「今の陛下はまるで芸術家、渾身の名作の最後の仕上げにかかっている――そのように感じられます」

「上手いたとえをする……その通りだ」

父上は俺のたとえに笑ってくれた。

いかな父上でも、このような状況では神経が張り詰めっぱなしなのは容易に想像がつく。

少しでもそれを緩和できればいいなと思った。

「……だから父上はずっとここに住んでおられるのですね」

「……ほう？」

「父上は帝位を譲ってくださった。権力も責務も移譲してこられた。しかし象徴だけ――この宮殿だけは渡してくださらなかった。その意味が今ようやくわかりました」

「……すごいな、ノアは」

父上は少し驚いて、すぐに穏やかな微笑みを浮かべた。

「二階の窓から飛び降りれば骨を折ってしまうかもしれん、しかし階段を一段ずつ下りていけばどうということはない」

「動乱を小出しにしていく――」

俺はそう言い、そのまま膝をついた。

膝をついて、頭を垂れる。

それはごく自然な感情の発露、体が自然に動いた結果だった。

「ご自身の生死さえも手札とされる……言葉もございません」

「それは――」

「え？」

俺は顔をあげた。

父上は何かを言いかけて、言葉を飲み込んだ。

代わりに、という感じで口を開く。

「余は子に恵まれた」

「陛下……」

「アルバートの事を覚えているか？」

「……はっ」

俺は短く応じた。応じるだけで、余計な言葉は言わなかった。

アルバート、父上の次男つまりは俺の兄で、かつての皇太子だった男だ。

そのアルバートは色々あって、廃嫡（はいちゃく）されると情報を掴（つか）んだ瞬間、政変を起こそうとして、その結果命を落とした。

「アルバートがしたことは許せんが、あれはあれで有能な証でもあった。余が廃嫡を決意した瞬間に実力行使を決意した情報力、そして決断力。ただの無能ではそこまでの事はできん」

「……はっ」

「そのアルバートを抜きにしても、ヘンリー、オスカー、すこし離れてダスティン。余は子に恵まれすぎた」

俺は無言を貫いた。

このあたり、相づちを打つのもはばかられるような、敏感な話題だ。

皇帝として、有能な子供に恵まれるのはうれしいが、恵まれすぎるとお家騒動の種になるから手放しで喜べない。

父上はまさにそれで頭を悩ませていて、俺は当事者だから相づちが打ちにくい。

「一人をのぞいて、全員がダスティンのようであれば言う事は無いのだが」

「人間としては、彼が兄弟のなかでもっとも賢いのかもしれません」

「そうだな」

父上は頷き、少しだけ真顔になった。

「話を戻そう、余は危篤を演出し、少し様子を見させてもらった」

「はっ」

オスカーのことだ。

俺は直感でそう悟った。

「ノアよ、この先お前はもう少し横柄に振る舞え」

「横柄に?」

「もっと皇帝らしく、と言い換えてもよい」

「皇帝らしく……」

「皇帝として強ければ強いほど逆らえない。それに逆らうのは自身の矜持を真っ向から否定する事になる」

「……はい」

盲点だった、と思った。

父上は固有名詞をいっさい使わない、遠回しな言い方に終始しているが、完全にオスカーの話だった。

俺はオスカーを籠絡（ろうらく）する事に心血を注（そそ）いできた。

そのほとんどは「懐柔（かいじゅう）」というものだった。

今回の親征でオスカーを摂政親王にしたのもそのためだ。

そういう意味では、オスカーに対しては「弱い皇帝」になってしまっている。

しかし父上はそうじゃないと言った。

オスカーは「皇帝の権威」を重んじている。

それはつまり「強い皇帝」であれば自分の生き様をも否定してしまうから逆らえない、というのだ。

完全に目から鱗だった。

「むろん、全（すべ）てを振りきって、ということもあるが。性格上そこまでは踏み切れないだろう」

「分かりました。そうします」

「うむ」

陛下は満足した表情で頷いた。

このあたり、逆に無条件で信じられると思った。

オスカーに反乱を起こさせない、最悪でもアルバート同様「起きる前に止める」というのは、「終活」に入っている父上にとっての最重要事項だ。

だからそれは信用出来ると考え、言う通りにしようと思った。

「話を変えよう。余がいなくなった後の話だ」

「はっ」

「ノアはこの先、皇帝として何をなそうと考えている？　どのような絵図を思い描いている？」

「……人口停滞を破ろうかと思っております」

「ふむ」

父上ははっきりと頷いた。

人口というのは言うまでもなく国力そのものだ。

ここ数十年、帝国の人口はほぼほぼ横ばい、停滞期に入っている。

更なる繁栄を目指すのなら人口増は最重要事項――いや、「前提」レベルの話だ。

「何をどうすれば増やせると考えている？」

「人口の上限は、時代ごとの技術力と、その技術力で得られる食糧と金――諸々ひっくるめての『資源の上限』と連動している」

「うむ」

「陛下はそこを、領土を拡大する事でまかなった。領土が拡大すれば、同じ技術でも得られる資源の上限が増えるのは道理」

「そうだな」

「父上が領土を拡大していった結果、領土は拡大したが、戦争後家たちに払う年金が増大した。その戦争後家達に集まった富は市場に出まわらないため、『資源の停滞』になった」

「すごいなノア。そこまで理解しているのか」

「歴史から学びました」

俺は即答した。

「イポーニヤ帝国だな?」

「はい。医療技術が異様に発展し、国民の平均寿命が八十代にまで延びたあの国です。資源を持っている者達が老いるが死なず、老いたが故に活力も失い資源を使おうともせず持ったまま。結果、若者達にそれが回って来ず、一世代である三十~四十年ほど停滞した暗黒期に入っていました」

「それを踏まえてどうする?」

「戦争後家達には孫がいる者も多い。あの年齢になると、もはや孫を可愛(かわい)がるだけが生きがいの者が多くなってくる」

「孫をダシにするのだな?」

「はい、具体的な方法はこれから煮詰めていきますが、『孫に金を使えば使うほど得をする』という形にしたいと思っています」

「例えば?」

「例えば……孫に1リィーンを使った場合、国庫から同じく1リィーンを補助する、などでしょうか。数字は例えに過ぎませんが、孫を可愛がれて得もするとなれば財布の紐(ひも)を緩めて財産(資源)を吐き出すことでしょう」

「すごいなノア、孫を可愛がる老人の気持ちを上手く利用している」

父上は嬉しそうに言った。

父上が俺に帝位を譲った決め手は、「いい孫」のセムがいたおかげだ。

「孫を可愛がる」話は理解してくれると思っていた。

「陛下も、セムを可愛がって下さっていると聞きました」

「どうだろうな、厳しく接しているつもりだ」

父上はそう言い、窓の外に目をむけた。

遠い目をしていた。

俺は何となく、「子育ての失敗」という言葉が脳裏に浮かんだ。

長子ギルバート、次男アルバート。

間接的にではあるが、父上は二人の息子を手掛けた。

その反動でセム——孫には厳しくしてもおかしい話ではない。

「セムは幸せな子だと思います」

「どういう意味だ？」

父上はこっちを向いて、少し驚いた表情で聞いてきた。

「陛下の『厳しい』はきっと教育的な意味での厳しさ。陛下ほどの名君が、手ずから厳しく手ほどきしてくださるのは幸せ以外の何ものでもない」

「……そうか」

父上はフッと微笑んだ。

数秒ほどの沈黙が流れた後、俺は話題を正道に引き戻した。

「もうひとつ手立てを打つつもりです。これは陛下の許諾を得なければならない事だと思っております」

「ふむ、言ってみろ」

父上は真剣な表情に戻った。

政をする時の顔、帝国最高責任者としての顔だ。

「帝国で日増しに増えている、皇族達の扱いです」

「……そこに手をつけるのか」

「種は撒きました」

驚く父上に、俺はあえて無表情を努めながら、続けた。

「アーリーンの件です」

「……そうか、そういうことか」

はっとする父上、俺は小さく頷いた。

アーリーン、第十四皇女で、俺の血の繋がった姉である。

少し前に、その婿であるアンガス・ブルとの間で、伝統に縛られてまともに「夫婦」が出来ない事で困っていた。

それを俺が伝統を少し壊したことで、二人はよくある夫婦と同じ生活が出来るようになった。

それを皮切りに、俺は色々と「伝統に手をつける皇帝」としてやってきた。

その話を出した途端、父上は全て得心した、という顔をした。

「お前の言うとおりだ、帝国は長く続けすぎた。今となっては皇族への手当てもバカにならない額になっている」

父上は言い、俺は頷いた。

俺は第十三親王として産まれた瞬間から、数千リィーンという額の俸禄をもらっている。

それは親王だから、皇族だからだ。

皇族であるというだけで、帝国から決まった手当てが渡される。

それは「当代」の親王ではなく、ある程度血縁が薄まっていくまでは、「かつての親王家」にも手当てが支給される。

父上が十数人の子供を作ったように、皇帝は後継ぎのために子供を多く作る。

それはつまり、後世に手当ての負担を残していくのと同じことだ。

つまるところ帝国はまともに働いてもいない皇族の家をたくさん養っているということでもある。

それも「資源」、独占されている資源である。

「すごいなノア、そこに手をつけるのか」

「そのつもりです」

「しかしいきなり取り上げるのは難しいぞ。当然反発はある」

「伝統もあります」

「ふむ？」

父上は小首を傾げた。

「帝国は戦士の国。皇族の男に必ずさせている形ばかりの初陣を、もっとちゃんとした初陣にすればいいのです。帝国皇族の男子たるもの、一度も戦場に出ないのはけしからん――と」

「名目はこの上なく立つ、か」

「ええ、詰まるところ免許の更新ですよ」

「商人達と扱いが同じになるな」

父上はいい、俺は頷いた。

商業界においては、いくつか重要な物資を商う者達には免許の取得を義務づける許可制にしている。

それと同じで、皇族として恩恵を享受するには戦功をたててその立場を自ら維持しろという話だ。

「話は分かった。それを余がやろう。恨み辛みは余が墓まで持っていく」

「ありがとうございます、陛下。しかしこれは私がやります」

「なに？」

「この後……使います」

「……っ、すごいな、ノア」

一瞬で全てを理解した父上の方がよっぽどすごいなと、俺は思ったのだった。

☆

父上の寝室から離れて、宮殿を脱出。

その足でオスカーの屋敷にやってきた。

屋敷に侵入して、あの塔に戻ってくる。

オスカーはまだ塔にいたままだ。

「ご苦労」

「お帰りなさいませ、陛下」

俺を見た瞬間、座っていたオスカーは立ち上がって、作法に則って跪こうとした。

俺は慣例的に腕を掴んでそれを止めた。

礼をつくすのと、恩を下賜するのと。

そういう作法であり慣例だ。

一通りそれをやって、俺は再び、オスカーと向かい合わせに座った。

「どうでしたか？」

「きちんと話せた。今日明日でどうにかなる事はまずないだろう」

「何よりでございます」

オスカーはホッとした表情を見せた。

「となると、上皇陛下はなにゆえこのような事を？」

「体調が優れないのは事実だ。それでノイズヒルを呼び寄せて、一切の雑音を断った上でご自身の業績の整理をしておられた」

「……歴史書ですね」

「そういうことだ」

「それならばホッとしました」

「上皇陛下と少し話をしてきた。オスカー」

「はい……陛下？」

俺はオスカーの名を呼び、真顔で見つめた。

普通に返事したが、俺の表情に気づいたオスカーは驚き、戸惑った。

「余は決意をしたよ」

「決意、ですか？」

「ああ、帝国皇帝として嫌われ者になる決意を、な」

「嫌われ者？」

「……」

俺は頷き、父上のところで話してきた、皇族達を「締め上げる」案を話した。

話を聞いた瞬間こそ驚いたオスカーだが、そこは兄弟の中でも取り立てて内政に有能な男。

すぐに真顔になって、俺の話を聞き入った。

「当然の話だが、抜け道を探そうとする連中も出てくる」

「当然ですね。私やヘンリー兄上のような『当代』なら責任感も使命感もありますが、生まれた時から傍流の皇族であれば恩恵を享受するだけになりがちです」

「そうだ。身代わりを立てるか、首を買うか。いずれにせよ抜け道を探そうとする連中が現れる」

「ええ、そうですね」

「そして、もう一種類の連中も現れる」

「……ないと信じたいです」

「ある、必ずな」

俺ははっきりと言い切った。

オスカーも眉をひそめたが、否定は出来なかった。

言葉にしなくても、二人とも分かる。

もう一種類の連中というのは、ストレートに反発をする連中だ。

そういう連中が政治的に色々仕掛けてくるのは容易に想像出来る。

むしろ確定している、と言ってもいい。

「そうですね……でるでしょうね」

「そこで一つ頼み事がある」

「懐柔すればいいですか？　それとも事前に弾圧を？」

「いいや」

俺は首を振った。

そして真顔で――オスカーと向き合ってきた中で、人生で一番の真顔になって、オスカーを見つめた。

「余とともに腹芸をやってほしい」

「腹芸？」

「お前を神輿（みこし）に担（かつ）ごうとする者は必ず出てくる」

「――っ‼」

オスカーは息を飲んだ。

血相を変えて、青ざめた顔でパッと立ち上がった。

立ち上がって、更に一歩後ずさった。

それほどの一言なのだ、今のは。

オスカーは俺の政敵。

いままでそれを互いに認識し合っていても、直接面と向かったことはなかった。

むしろ互いに明言を避けてきたほどだ。

しかし今の一言はそれを認めた上で、そういうオスカーを利用するために他人が近づいてくるだろう、という話だ。

オスカーが表情を強（こわ）ばらせるのは当然と言える。

オスカーとのやり取りで、俺が人生一踏み込んだ瞬間だ。

父上に「この後使う」と言ったのはこのためだったのだ。

「陛下、それは……」

「帝国皇帝として、何もしないで『年金』だけを貪っているだけの者たちは許せん。だから合法的にあぶり出して廟堂の上で排除する」

「……なぜ、それを私に」

「一度きりだ、腹を割って話す」

「え……」

「余が行おうとしていることは帝国の中枢、ひいては皇帝に権力を集める事だ」

「……はい」

「その過程で反発する者を退けると言う話でもある」

そこで言葉をいったん切って、まっすぐオスカーを見つめて、言った。

「皇帝の権威に挑戦しようとする連中だ。この件に限って言えばお前は誰よりも信用出来る」

「――っ!!」

オスカーは息を飲んだ、再びのけぞった。

それからわずか数秒の間の出来事だった。

オスカーの顔に、様々な表情、そして感情が去来した。

迷いは一瞬で通り過ぎて、決意に変わった。

オスカーは跪いた。

「お任せ下さい、ドブさらいは確実に」

と、宣言した。
俺は疑わなかった。

名前：ノア・アララート
帝国皇帝
性別：男
レベル：17＋1＋1／∞
HP　C＋S　火　E＋S＋S
MP　D＋A　水　C＋SSS
力　C＋SSS　風　E＋C
体力　D＋A　地　E＋C
知性　D＋SS　光　E＋S
精神　E＋S　闇（やみ）　E＋B
速さ　E＋S
器用　E＋S
運　D＋A

俺にだけ見えるステータスの「＋」の後ろが爆発（ばくはつ）的に増大したのもあって、オスカーが心から協

力的になったというのが分かったからだった。

165 新しい宝

「二人っきりだ、余分な儀礼はいらん」

「はい」

オスカーは立ち上がった。

その瞳はさっきまでとは少し違っていた。ステータスが見えている俺は、瞳の色の変化は忠誠心の違いによる変化であると理解していた。

理解しているから、遠慮無く話を続けた。

「当面はお前の事を特別扱いする。今まで通り、腫れ物に触るような感じでいく」

「当然そうなりますね。では私も今まで通り――」

「いや、オスカーは少し変えてもらわないとだめだ」

オスカーの言葉を遮る、彼は少し不思議そうな顔をした。

「変えるというのは？」

「今まで以上に慇懃にしていろ」

「……なるほど」

オスカーは少し考えて、頷いた。

「陛下相手に何かリアクションを起こしたいから、『匂い消し』に心血を注いでいる、という事ですね」

「そうだ。余に対する不満は徐々に高まっている、しかしそれを必死に隠している。そう振舞っていれば、食いついてくるはずだ」

「すごいです陛下。ただ、今のあの界隈には、そこまでしなければならないほどの相手、それほどの出来物はいないと思いますが」

「万全を期したいだけだ。このような腹芸、やれて一回だけだからな」

「それもそうですね」

「大まかな方針はそれで。後はすべてお前に任せる」

「はい、わかりました」

「白紙委任だ、好きなようにやれ」

「よろしいのですか？　陛下に差配を頂いた方が」

「お前は、実務面で余より優れているところがいくつもある」

「……」

オスカーは目を見開き、驚いた。

「そんなお前だ、大筋は任せてあとは即興で踊った方がよいだろう」

「……すごいです、陛下。先帝陛下が私ではなく陛下に帝位を譲った理由が今ならよく分かります。私では全てに口を出したがります」

「それは余も同じだ、ついつい首を突っ込みたくなる」

「陛下の場合、道しるべをつけた後の舗装は任せて下さいます。私だと全部に口を出さないと気が済みません」

「有能さ故の弊害だな。根本的に部下を信じていないのか」

「そうかもしれません。一州程度までならいいのですが、一国すべてを人間一人が掌握するのは——」

オスカーは自嘲気味に笑った。

ここで自嘲な笑みを浮かべられたのはもはや隔意がないという証でもあるんだろうと思った。

「なんにせよ、全て任せる」

「はい」

☆

オスカーと別れて、屋敷を出た後、俺は離宮——元十三親王邸に戻ってきた。

宵闇の中、門番の視線を適当にごまかして中に入った。

自宅に戻ってきた俺は自分の部屋には戻らなかった。

代わりに書庫に向かった。

書庫の中に入り、入り口付近に常備されているランタンに火を灯して、それを使って書庫の中を見て回った。

俺は本を探した。

父上と会ったときの話を思い出しながら、本を探して書庫の中をさまよった。

父上とは資源の話をした。

父上、そしてオスカーとした話は、今ある資源の中から、既得権益者が持っている分を吐き出させるやり方だ。

一方で、父上はそもそも資源を増やす方法を採用した。

どっちかが正しいという話ではないし、どっちか「しか」やってはいけない決まりもない。

コンフリクト（衝突）しない限り、両方やっていいし、両方やるべきだと俺は思う。

そう思った俺は、ここ最近読んだ歴史書の中で、「増やす」事に特化した皇帝の話があるのを思いだした。

それを参考に使うため、もっと詳しく読み込もうと思ってここに戻ってきた。

「うーん……」

何冊かそれっぽい本を本棚から抜き取って、開いて中身に目を通す。

しかしどれも違った。

最近ただでさえ読む本の数が多くて、目当てがどの本なのか見つからなかった。

さてどうするか――と思っていたその時。

「だ、だれですか⁉」

「うむ？　……なんだジジか」

入り口の方から声が聞こえてきたから、俺はランタンを上げて、声の主に目を向けた。

そこにいたのはメイドのジジ。

屋敷にやってきたときはまだまだ幼い娘だったのに、今はもうすっかり妙齢の女になっていた。

「余だ」

俺はそうとだけいった。

「ごしゅ――じゃなくて、陛下⁉」

「うむ」

「も、戻ってきていたんですか？」

「ああ。極秘だから、内密にな」

「は、はい！　だれにもいいません！」

見た目はすっかり美しく成長したが、ジジは昔のまま、むやみやたらに肩肘張っている、そんな仕草で俺の命令に応じた。

俺はクスッと笑いながら、次の本を手に取って開く。

それをパラパラめくって読んで、また本棚にもどした。

「これも違うな……」

「なにかお探しですか？」

「うむ、探している本があるのだが……分かりそうか？」

「ごめんなさい、私、文字が読めなくて」

「そうか」

俺は小さく頷いた。

珍しい話ではない。メイドとして奉公にやってきた者の多くは文字が読めない。

他の親王と違って、俺は読み書き、そしてそれを学ぶ事を禁じていないから、その後学んで身につける者もいるが、ジジはそうではなかった。

それは珍しい話ではないから、気にはしなかった。

「あ、あの……」

「うん？」

「いつ読んだのかは……わかりますか？」

「いつ読んだ？」

俺は首をかしげ、次の本をとろうと伸ばした手を止めたまま、ジジの方にもう一度向いた。

「はい、それが分かれば見つかるかもしれないです」

「どういうことだ？」

「例えば――これとこれは陛下がお出かけの前日に読んだご本で、ここからここはその更に一日前。もうひとつ前はここでは読んでなくて、もう一日前がこれとこれとこれでした」

「……そういう覚え方をしているのか？」

「はい！」

俺は少し驚いた。

そして、思い出そうとした。

その本を読んだのはいつだったか――。

「読んだのは夜。……月のない新月に、収穫の報告を受けた後だから冬の少し前」

俺は連想ゲームをしつつ、少しずつ範囲を狭めていきながら、最終的に二日間まで絞れた。

その二日分を日付で伝えると。

「ちょっとだけ待ってください――これとこれとこれ――この六冊です！」

ジジは書庫の中をバタバタしながら、言葉どおり六冊の本をあっちこっちから引っ張ってきた。

それを受け取って、めくっていく。

すると三冊目をめくった瞬間。

「これだ」

「本当ですか？」

「ああ、序文を読んで記憶がよみがえった。たしかページ的にはこのあたり――あった」

「よかった！　見つかって」

「お前は――」

目当ての本を手に持ったまま、ジジを見た。

ジジはきょとんとした顔で、俺を見つめ返した。

「よく、覚えてたな。褒めてやる」

「――っ！　ありがとうございます」

「今日はもういい、これを読むだけだからお前は寝ろ。余がここにいることは内密にな」

「わかりました！　お休みなさいませ！」

ジジはぱっ、と頭を下げて、パタパタと足音を鳴らして書庫から出て行った。

それを見送った俺は、自分にしか聞こえない程度の声でぼつりとつぶやいた。

「宝が……まだこんな近くにいたとはな」

☆

翌朝、俺はオードリーの所を訪ねた。

皇后の朝は早い、様々な使用人に囲まれながら、「皇后」という装いを作りあげていく。

それにかかる時間を逆算して、オードリーが一人っきりになったところで彼女の前に出た。

「お待ちしておりました、陛下」

オードリーの私室の中、彼女は驚く様子もなく、俺をまるで「出迎えた」ような感だった。

「余が来るのを予想していたのか」

「いいえ。ただ、いつお見えになってもいいように、心構えをしているだけでございます」

「それは疲れるだろう」

「皇后として当たり前の事でございます。陛下の方がもっと大変ですので、この程度の事で疲れてるだなんて言えませんわ」

「そうか。今日来たのは他でもない。メイドを一人もらっていく、それを言いに来た」

「メイド……でございますか？」

「ああ」

「……」

オードリーは見るからに困った顔をした。

「もらっていくと言われましても、それらは全て陛下の持ち物、わたくしの承諾を得る必要なんてありませんわ」

「後宮にいるメイドは形式上、皇后の持ち物だ。ジジという子だ、つれて行っていいか」

「……陛下はおすごい」

「うん？」

「わたくしの事をいくどなく後宮の主、国母とおっしゃってくれましたけど、本当にそう思っていたのですね」

「でなければ言わん」

「どうぞお連れになってください。陛下に必要とされる栄誉をその子に是非」

「礼を言う」

オードリーは実に皇后らしく振る舞った。

俺は少し考えて、言った。

「これから言うのは余の独り言だ」

「……」

「近く何かをする、雷親王には気をつけるよう――」

オードリーは俺に最後まで言わせなかった。

すっと近づいてきて、人差し指を俺の唇に当てて、言葉を止めた。

「オードリー？」

「陛下はきっと、実家に何か伝言してもよい、と気を使ってくださっているのだと思います」

「ああ。安心しろ、法には触れない『寝物語』だ」

「陛下」

「うん？」

「わたくしの名前をご存じですか？」

「オードリー、だろ？」

「その通りです」

オードリーは頷き、穏やかに微笑んだ。

「私はオードリー、ただのオードリー。除名の儀をへて、もはや実家など持たない皇后オードリーです」

「……」

「国政には一切口を出しません。どうか、御心のままに」

「謝る。お前を見くびっていたようだ」

「とんでもございません」

「今まで通り後宮は全て任せる」

「はい」

「ジジはつれて行く」

「はい」

「夜にもう一度来る」

「……はい」

オードリーは賢い女だった。

公私入り乱れる言葉の数々も全てちゃんと意味を理解していた。

この宝は想像していた以上だったと、俺は密かに少し嬉しくなったのだった。

166 中枢へ

朝。俺は朝日の中で目覚めた。

薄手のカーテン越しの朝日、丁度いい案配に日差しを通し最適な光量で目覚めを促してくれる職人が丹精を込めて作った逸品。

これを感じるということは――と、俺はまどろみの中ゆっくりとまぶたを開けた。

やはり、そうだった。

見知った天井、皇后オードリーの寝室の天井。

皇帝のみを迎え入れるために存在する、皇后の寝室。

カーテンをはじめ最高級の調度品を設えている部屋だ。

自分がどこにいるのかを認識した後、俺は「すぅ……」と微かに開けた口から息を吐き出した。

「おはようございます、陛下」

すると少し離れた所から、オードリーのしっとりとした、柔らかな声が聞こえてきた。

そのまま体を起こすと、オードリーが数人のメイドを従えて俺の方を向いていた。

オードリーだけでなく、全員が一斉にこっちを向いていた。

直前まで用意をしていたのだろう、メイド達の手元には準備の途中の、身支度の道具類が揃えられている。

「おはよう、相変わらず早いな」

「女は身支度に時間がかかるものですわ」

オードリーはおどけたように言った。

俺は野暮なことは言わなかった。

女の身支度の上に、俺の身支度の準備もさせているから——という、野暮すぎることは言わなかった。

ゆっくりと身を起こすと、オードリーはメイドの一人から手ぬぐいを受け取った。

濡らした手ぬぐいをオードリーが手ずから絞って、それを持ったまま俺のそばにやってきた。

「どうぞ」

「ああ」

頷き、オードリーが差しだした手ぬぐいを受け取る。

それで顔を拭くと、丁度いい水加減だった。

温度も濡れ具合も最適で、その上気付けのための微かな香りも心地よかった。

これらオードリーの気配りに比べたら、最高級の絹である肌触りなど大したものではなかった。

「ありがとう。相変わらず気が利くな」

「陛下のおかげでございます」

「余の？」

俺は小首を傾げた。

オードリーのこの気配りの中に俺が立ち入る余地なんてあったか？　と首をかしげた。

考えてみた結果、やはり「ない」と思ったが、かといってオードリーの顔はただのお世辞を言っているのとも違うと感じた。

「どういうことだ？」

「陛下がいつも、そうやって褒めて下さるおかげですわ。陛下のご反応で、好みを少しずつ変えることが出来ますのよ」

「……」

俺はなるほどと思った。

俺の微かな反応の違いから微細な好みを読み取り続けてきたのか。

それはやっぱり――。

「本当に気が利くな」

と、本気で思った。

「ありがとうございます」

「ところで。そのもの達は大丈夫か？　お前の事だからさほど心配もしていないが」

俺はオードリーの背後にいるメイド達に視線を一度やって、聞いた。

俺は今、公式的には親征の真っ最中だ。

つまり帝都にはおらず、ここにいることは極秘中の極秘、機密と言っていい。

それをこのメイド達に知られていいのか？　という質問だ。

「陛下の模倣をさせていただきました」

「余の？」

「はい。ここにいる子達には全て恩を売ってあります。比喩ではなく、全員の『命の恩人』でございます」

「ふむ」

「ですので、ご安心下さい」

オードリーがそう言っている間も、メイド達は反応せず、黙々と身支度の前段階の準備をしていた。

オードリーの言葉に肯定どころか反応さえも見せない。

恩を売っただけでなく、よほどの教育もしているのだろうなと想像に難くなかった。

「さすがだな。なら、一つ補足だけしてやる」

「なんでしょう」

「そこまでやるのなら家族にも恩を売っておけ。自分の命を救ったことよりも、最愛の家族を救ってもらったことの方が恩に感じる者も少なくない」

「すごいですわ陛下。これからはそうしますわ」

「ああ」

俺は頷き、伸びをした。

朝の身支度をオードリーにしてもらった。

その間、俺もオードリーも、当然メイド達も無言だった。

静謐(せいひつ)な皇后の寝室の中で、粛々(しゅくしゅく)と皇帝の身支度がととのえられていく。

身支度が九割がた終わったところで、再び口をひらいた。

「そうだ、一つ言っておかなければならない事があった」

「なんでしょう」

「ジジはしっているな？」

「ええ、陛下が伏しておられた時代からのメイドですわね？」

オードリーが使った古めかしい表現にクスッとしつつ、頷いて応(こた)えた。

「そうだ。そのジジをもらっていく」

「元々――はい、わかりましたわ」

オードリーは「元々陛下のもの」と言いかけたのを飲み込んで、真顔で頷いた。

後宮は皇后のもの、後宮にいるメイドも同じく皇后のもの。

無論皇帝は更にその上にいるので、メイドの一人くらい何も言わずにつれて行ってもだれも文句は言えない、言おうとする者もおそらくは現れない。

それでも俺はオードリーを立てた。

後宮の主(あるじ)、常日頃言っているその概念に則(のっと)ってオードリーを立てた。

オードリーはすぐに理解して、形式上ジジを俺に「譲渡(じょうと)」した。

「でも本当に、わざわざ言わなくてもよろしかったのに」

「皇后の権限は内法によって定められている。正式な法律とは言いがたいから守る者も少ないがな」

「それでもお守りになる。やはり陛下はすごいですわ」

俺はフッと、笑った。

昔からのクセだ、とは。これまた無粋だから言わない事にした。

☆

身支度が終わった後、俺はジジを書庫に呼びだした。

いくつか読みかけの本を手に取ってパラパラめくっていると、書庫の外から慌ただしい足音が聞こえてきた。

慌ただしい足音の直後にドアがこれまた慌ただしく開かれ、息の上がったジジが姿を見せた。

「お、お待たせしまし――わっ！」

慌てて書庫に飛び込んできたジジは自分のスカートを踏んで、盛大にすっころんだ。

「大丈夫か？」

「いたた……だ、大丈夫です！」

ジジはまた慌てて立ち上がった。

宮廷のメイドに支給されるメイド服はこの程度のずっこけで破れるほどヤワではないが、盛大に突っ込んだジジは明らかにどこか打ったのか、立ち姿が痛む箇所をかばっているような立ち方になった。

「後でポーションを使って治しておけ」

「ええっ⁉　そ、そんな、そんな高価なものを――」

「これからは体調は万全にしておけ、常にだ」

「え？　は、はい……えっと……」

なんで？　という表情をするジジ。

「昨夜、余が読んだ本はどこにあるのか全部覚えていると言ったな」

「は、はい！　えっと、いつ読んだのかが分かれば」

「オードリーの誕生日に読んだのは？」

「お待ちください！」

ジジはバタバタと、俺の横をすり抜けて書庫の奥に走って行った。

本来なら皇帝の前を横切るのも失礼に値するし気性の荒い皇帝ならそれだけで死刑を言い渡すほどのことだ。

当然、それはスルーした。

ジジは書庫の奥から三冊の本を持って、戻ってきた。

「こちらです」

「ふむ……ああたしかに、これは間違いなく読んだな」

三冊のうちの一冊は、皇族の女が結婚した後の「除名の儀」についての歴史を記したものだ。

オードリーの誕生日で不意にその事が気になって読んだ記憶がある。

「ジェシカが来た日と、一番最近のアルメリアから戻ってきた日は？」

「わかりました！」

ジジはそう言ってまたすっ飛んでいって、すぐにまた本を持って戻ってきた。

俺はそれらの本に目をとおした。

急ぎだったから、俺自身記憶に関連付けされている日のことを言って、それで本を引っ張り出してもらった。

今のところ全部合っている。

俺が読んだ本を全部覚えているのは嘘（うそ）でも誇張（こちょう）でもないようだ。

「次はなんですか？　ごしゅ――陛下」

「もういい、テストは終わりだ」

「はあ……」

「お前の俸給（ほうきゅう）はどれくらいだ？　年間でだ」

「え？　はい……その、50リィーン、頂いてますが」

「ふむ」

50か、と小さく頷いた。

俺が生まれた頃は大人の男が年間稼げる額は10リィーンと言われていたが、数十年たった今は20

程度まで上がってきている。

その中でジジは50だ。

その辺の男よりも遥かにもらっているが、皇帝の身辺に仕(つか)える古株のメイドと考えれば妥当な額だ。

「明日から年間500をやる」

「…………え?」

ジジはぽかーんとなった。

そして一拍遅れて、盛大に慌てだした。

「どど、どういうことですか? ご、ごごご500って」

「第一宰相のドンが1000程度だから、その半分ってところだな」

「せっかくだ。実家に兄弟はいるか? だれか一人あげろ、その者にも500やる」

「実家まで!? そ、そんなに頂けません!」

「もらっておけ、そのかわり、今後は余が署名した、宮内に収蔵する文書の管理をしてもらう。いつでも出せるようにしておけ、いいな」

「わ、わかりました。でもそれでもそんなに——」

「機密中の機密だ、これに関わるには悪いがエヴリンやゾーイのように外には出せん。色々と諦(あきら)めてもらう」

「あっ……」

「悪いが、お前の人生をもらう。余のためにそれを使ってくれ」

「……分かりました。陛下のためなら」

ジジはそう言い、意を決した顔で俺を見つめたのだった。

167 裏と表の活用法

離宮のもっとも「深い」所にある、機密の書庫。

その書庫の中に、ジジを連れてやってきた。

書庫の扉は通常の三倍ほどの厚さを持ち、開閉するための錠前も上から下までずらりと、5つもつけられている。

5つの錠前を手ずから鍵(かぎ)で解錠して、重い扉を押して開いて、ジジと一緒に中に入った。

「ここは……?」

「余が即位してから署名した文書を収蔵している。いわば皇帝ノア一世の人生の歩みそのものだな」

「な、なるほど!」

「例えばこれは即位した直後に署名したものだが……ああ、あの宮殿を最高権力の象徴とするものだな」

棚から抜き取って、開いた文書を読みあげてからジジに手渡した。

ジジは受け取って、目を通すが申し訳なさそうな顔をした。

「すみませんご主人様……わたしその……」

「読めないんだな」

「はい……」

「気にするな、織り込み済みだ」

「文字を覚えた方がいいですか？」

「余が今読みあげたもの、それをここに入れた」

ジジの手から文書を取り返し、棚の元の場所に戻す。

そして、ジジを見る。

「この内容の文書を口で伝えて、ここにあると覚えていられるか？」

「はい！　ご主人様が言ったことは絶対に忘れません！」

「ならそれで十分だ。文字の読み書きが出来るかどうかなど、些末なことでしか無い」

「ほえ……」

「どうした」

「私、てっきり読み書きの勉強しなきゃって。あっ！　ご主人様のためなら全然やります！」

「なぜ、子供達に読み書きを教えるのか分かるか？」

「え？　それは……なんででしょう、出世するため……？」

「ふっ、それも間違いではない」

俺はくすっと笑い、ジジの頭にそっと手をのせた。

「もっといえば、子供達の未来を広げるためだ。文字の読み書きが出来る方が覚えられる知識の範囲が広くなる、つまりは選べる未来も増える」

「なるほど！」

「細かい話をするのなら、それはお前の長所ではない」

「長所ですか？」

「余の言葉とこれの居場所を紐づけておける記憶力は帝国内くまなく探しても代えが利かない唯一の存在、それがお前の長所だ。長所を捨てて無理やり短所を伸ばす事もない」

「長所……唯一……」

「趣味でやるというのなら止めんが」

「ううん！　やらないです！　ご主人様のためだけにがんばります！」

「まかせた。これも持っていろ」

「これは……ここの鍵？」

ジジは目と口を開け放つほど驚いた。

自分の手の平に載せられている、俺から受け取った鍵の束を見て驚いていた。

「ああ、お前が持っていろ」

「い、いいんですか？　これってすごく大事な物じゃ」

「信用している、任せた」

「私を……信用？」

ジジは更に驚き、そして鍵の束をぎゅっ、と大事そうにかかえた。

「こんな私でも……ご主人様すごい。わかりました！　命に代えてもなくしたりしません！」

「ああ」

俺は再びジジの頭に手をのせて、撫でてやった。

生きて俺の役に立て――は、せっかくジジが嬉しそうなこのタイミングで冷水をぶっかけることもなかろうと。

そのうち機を見ていつか言えばいい、と思うだけにとどめておいたのだった。

☆

離宮の前半、皇帝の執務の部分。

執務の部屋で、ドンと向き合っていた。

俺は執務机の前に座っていて、ジジは俺から少し離れた部屋の隅っこにひかえている。

ドンは執務机越しに立っている。

ジジの事が少し気になったようだが、俺がそばに置いている、という形なのは明白だからドンはあえて何も聞かずにいた。

「こちら、ジェシカ様から届いた報告書です」

「公文書と――これはフワワの箱か」

「はい、違うルートで、ほぼ同じタイミングで着くように送られてきました」

「ふむ」

俺は頷きつつ、まずは公文書の方を開いて、目を通した。

「どうですか？」

「トゥルバイフ軍から独立した軍があり、それの討伐に成功した――か」

「それはなんというか……こざかしいですね」

「下の者が跳ねただけで俺とは関係ない――古典的な手法だ、悪くはない」

俺はフッと笑った。

こういったときによくあるパターンだ。

トゥルバイフが帝国に叛意ありなのはまちがいない。

一方で、正面から帝国と事を構えるのをまだためらっている。

だから部下の一部を「独立」させて、その部下が勝手に暴走したという形にしたんだろう。

国と国同士に限らず、何かの権力争いの時にはよく見るパターンだ。

「ですが、勝利したのなら何よりでしょう。トゥルバイフもそういう『お試し』ならそれが抑止力になるでしょう」

「……」

俺は無言でフワワの箱を人差し指でトントンと叩いた。

指し示された、同時に着いたジェシカのもうひとつの報告。

ドンはそれではっとした。

「そうか、そのようなシンプルな話ならわざわざこのような形で極秘の報告を送る必要はない」

「そういうことだ——フワワ」

俺は指輪からフワワの力を一部解き放って、箱を開いた。

箱がばらばらの木片になった。

接着剤もハメコミもクギもネジもない、今までどうやって箱の形を維持していたのか分からないほど、不思議な木片だけになった。

木片の中に一通の手紙があった。

それを手に取って、中身を取り出して目を通す。

「……なるほど」

「どのような事が書かれていましたか？」

「別の話だ。トゥルバイフ別働隊と一戦を交えた、相手軍の首を１５００上げた」

「ほぼ同じですね、詳しい数字があるだけで」

「自軍の損害は１３００ほど、と」

「むっ……」

ドンは眉(まゆ)をひそめた。

極秘に届けられた報告書の中に詳しい損傷の数字があった。

敵軍１５００の損害に対し自軍は１３００。

この数字だと——。

「勝利——とは言えませんね。皇帝親衛軍という質、そして方面軍という数。それを考えれば同程度の損害では――」

「判定負け、だな」

「ええ」

ドンは頷いた。

彼の言うとおりだった。

「いかがいたしますか？」

ドンはそう言い、裏の報告書を執務机の上に置いた。

二通の報告書を横に並べるようにして、聞いてきた。

「まず褒める」

表の報告書を指先でトントン叩きながら、言う。

ドンははっきりと頷いた。

「当然でございます、殲滅したのは事実、公に送られてきたのも戦勝の報告。であれば表彰するのが筋ですね」

ここまでは同意見だった。

次に裏の報告書、もう一枚の方も指でトントン叩いて、言う。

「これも褒める」

「これも……ですか？」

「方面を任せている責任者の部下が正直者ならどんなにいいか、と思った事は無いか？」

「……あります、いつも思っています」

「そういうことだ」

「そうですか」

「だから――正直であることを褒める、罰は帰朝した時にまとめて清算するから今は忘れろ。どうだ？」

「すごいです陛下、考え得る最善の返事でしょう」

「ならそうしよう」

俺は頷き、紙をとってペンを走らせた。

二通書いて、一通は皇帝の印で封をして、もう一通はフワワの箱に入れ直した。

そして二通ともドンに手渡す。

ドンはそれを受け取って、外に出ようとした。

「……待て」

俺はドンを呼び止めた。

ドンは立ち止まって、体ごと振り向いた。

「なんでしょう？」

「裏はすぐに送り返せ、表は――一週間ほど待ってから出せ」

「なぜそのような事を？」

ドンは首をかしげた。

俺はまずドンが持っている、正式な文書の方を指さした。

「余は帝都にはいない」

そして次に、フワワの箱、裏の文書を指さす。

「余は帝都にいる」

「――っ！　なるほど！」

ドンははっとした。

「そういうことだ。余が帝都にいないのに公式文書が即送り返されるのはおかしいのだ」

「すごいです陛下！　そこまで考えが及ばず申し訳ございません」

「たのむ」

「御意！」

ドンはそう言い、もう一度頭を下げ直して、今度こそ部屋から出て行った。

俺はジェシカが送ってきた二通の文書に、赤いインクで注釈をつけてから。

「これをしまってこい。ジェシカへのテスト、だ」

と、キーワードとともにジジに渡した。

ジジは受け取ったが、不思議そうな顔をした。

「どうした、覚えられないのか？」

「あっ！　違います！　絶対忘れないです！　そうじゃなくて……」

「うん？　なんでも言え。答えられることなら答えてやる」

「あっ、はい。その……テストって、なんですか？」

「簡単な話だ、送り返した裏と表の日数で、余が帝都にいるかどうかを察することができるのかのテストだ」

「あっ、なるほど。すごいですご主人様、今の一瞬でそこまで」

「今のままでも90点をやれるが、察することが出来たら100点だな」

ジェシカの忠誠心はこの二通の報告書でもう疑う余地はない。

その上で、もっと能力面も高くあってほしい。

と、贅沢だと我ながら思うが、そうあってほしいと願ったのだった。

168 小さな違和感

ジェシカの一件が片づいた後、俺は次々と政務を片付けていった。

ほとんどが日常的なもので、滞りなく処理して、必要に応じてドンとジジにそれぞれ振り分けた。

ドアが控えめにノックされた。

ドンはドアを開いて、廊下にいる者から追加の書類を受け取って、戻ってきた。

「第二宰相と第三宰相からです。こちらが概略を要約したもの、こちらが原文として目を通していただいた方がいいと判断したものです。こちらが――」

「原文とは珍しいな、もらおう」

「はっ」

ドンからそれを受け取った。

原文そのまま転送されてきたのはヘンリーの報告書だった。

政務を効率的に行うため、俺は少しだけ父上の時代からやり方を変えた。

まず各地から上がってきた報告書などは第二から第四宰相に目を通させて、そこである程度の要点をまとめてから、そっちの方を俺の所に上げるようにしている。

各地の報告書とはいっても、中には定例的なものもあるし、形式的なものもある。

もっといえば報告書なのに皇帝である俺にゴマをするためにむやみやたらに美辞麗句なお世辞で埋められていたりするものも少なくない。

そういうものは宰相達が要点をまとめて、簡潔な内容だけが俺のところに上げられてくるわけだ。

その中でごくごく稀に、宰相の権限や背負える責任を越えたものがあって、そういうものは報告書を要約せず、原文のまま転送されてくる。

今手の中にあるのがそういうもので、最前線のヘンリーから送られてきたものだ。

俺は報告書を開いて、最初から最後まで目を通した。

「……ふむ」

「どのような内容でございますか？」

「エイラーの残党を名乗る者達が偽物の神輿を担ぎ出したから、一挙に殲滅したという話だ」

「なるほど」

「捕虜は無し、か」

「さすが第四殿下でございますな」

「妙だな……」

俺は報告書をじっと見つめながら、行間に何か潜んでいないかを読み取ろうとした。

「何がでございますか？」

行間には何もなかった。しかし、違和感だけがあった。

そこまで読んでから、顔を上げて不思議がっているドンに説明した。

「ヘンリーらしくないやり方だ」

「といいますと?」

「偽物の神輿を担ぎ出した。つまりエイラーの血筋を名乗る偽物を、ってわけだ」

「よくある話でございますが?」

「その通りだ、よくある話だからこそ、首魁(しゅかい)の血筋は完全に刈り取ったと示すために、捕えたら公開処刑をするのが定番」

あの少年にかけた情けの事はあえて言わず、棚上げにもしつつ、更に続ける。

「そして偽物が出た場合、今度は捕まえて真贋(しんがん)を判別、証明出来るようにしなければならない」

「あっ……」

「ヘンリーはもちろんそのあたりの事を心得ている。なのに一挙に殲滅した……不自然だ」

「なるほど……あっ」

「どうした」

「すごいです陛下」

ドンはそう言い、書類の中からフワワの箱をとりだした。

書類の中にいくつかフワワの箱があって、ドンはさっきそれの報告を言いかけたが俺が途中で止めていた。

その箱を俺に差しだした。

「ヘンリーからか」

「陛下にだけ極秘でご報告があったようです、さすが陛下」

「ヘンリーとも長い付き合いだからな」

俺はそう言い、ヘンリーからのフワワの箱を開いた。

箱の中にある報告書を取り出して、目を通す。

「……なるほど」

「内容はお聞きしても？」

「ああ、ニールら決闘隊の暴走らしい」

俺はそう言い、ドンに報告書を手渡した。

ヘンリーからの報告書には、偽物を殲滅したのはニール達だと書かれていた。

ニール・ノーブル。

今なお帝国最強の将軍と名高い、ダミアン・ノーブルの四男だ。

ダミアンは父上に忠誠を誓い、帝国に二心はないが、子煩悩な一面があり自分のコネをつかって子供達を出世させていた。

そのダミアンの子供の中で、ニールは唯一、父親からのコネや七光りの恩恵を受けていない。

それは何故かと調べてみたら、ダミアンは子供の中で唯一ニールの才能をみとめていて、ニールなら自分のコネがなくても出世できると思っていたようだ。

それを知って、俺はニールと会って実力を確かめて、そのまま取り立てたわけだ。

そのニールを今回の親征に帯同させていたのだが。

「なるほど、ジェリー・アイゼンに触発されたか」

「アイゼン将軍ですか？」

「どうやらあの花火をみて、自分達も何かやらなきゃと思ったらしい」

「なるほど、功を焦りましたか」

「焦った結果が敵軍の殲滅だから、不幸中の幸いだな」

「そうですね。この場合味方を巻き込んで危険にさらすのがよくあるパターンですから、それを考えれば」

「……」

「いかがいたしますか？」

「表彰するしかないだろうな」

俺は微苦笑しながら言った。

「表彰されるのですか？」

「ニールを出したのはヘンリーだ、つまり独断ではない。頭の中にある帝国法を今引っ張りだしてみたが、やったことは敵軍の殲滅だからそれを裁ける法はない」

「法で決めていい事ではありませんからな」

「ニールの経験不足と、ヘンリーの注文が足りなかった。そういう話になる」

「そうですな」

「だから公式的にはニールを表彰する。兵の前で堂々と」

「……裏では？」

「ヘンリーに説教してもらう。それしかあるまい」

「ではそのようにいたします」

「まかせた」

ヘンリーの報告書に返事を書き込んで、ジジに手渡す。

ジジはそれを受け取って、必死に頭の中に今の光景をたたき込む、そんな表情をした。

そのまま政務を更に片付けていく。

要約された報告書を一掃した後、フワワの箱に取りかかる。

箱を開くと、中には大小様々な、不揃いのサイズの紙が入っていた。

それを取り出して、目を通す。

「……ふむ」

「それはどのようなものですか？」

「物価だ」

「物価？」

ドンは首をかしげた。

「最近やらせるようになった。あっちこっちの土地に人を放って物価を調べさせている」

「あっ……」

ジジが声をあげた。

ドンはジジの方をむいて、少し不機嫌な顔をした。

ジジの役割は俺から説明を受けて理解している。

その上で、「政務に反応=口出し」というところに不機嫌になった。

「どうした。気にするな、話せ」

「あっ、はい。えっと……レイジ達ですか？」

「そうだ。ジジはあの辺と仲が良かったんだったな」

「はい！　ご主人様に命を助けてもらって、っていつも言って感謝してました」

「そうか」

俺は頷いた。

レイジというのは、物価調べに出した者達の一人だ。

「レイジは確か……ギルバートの奴隷商から助け出した元奴隷だったな」

「はい！」

「ということは、陛下の元にいてかなり長い男ですね」

「そうだ。派手な才覚はないが、真面目なのと愚直なまでの忠誠心が特徴だ」

あの時助けた元奴隷はほとんどがそういうタイプだったと記憶の中からその者達の記憶を引っ張りだす。

「だからフワワの箱を与えて、あっちこっちの土地に放って物価の調査をさせている」

「すごいです陛下。才覚がない者達にも活躍の場を与えていたのですね」

「あれはあれで才覚の一種だ」

俺はフッと笑い、言いつけた品目の物価が書かれた様々なサイズの紙を取り出した。

品目と数字さえ分かればいい、あとはやりやすいようにやれ。

そう命令したのもあってか、よく見たら紙だけじゃなくてボロい布切れに書かれたものもあった。

それを一つずつ目を通す。

「ふむ……」

「それで何かが分かるのでしょうか?」

「色々あるが、大きな所だと反乱の兆候（ちょうこう）とかだな」

「反乱ですか?」

「指定した品目の中に麦と米がある。反乱は大勢の人間が動く。企（くわだ）てられたものなら食糧の買い占め、やむにやまれぬ場合だと不作や商人の価格つり上げ」

「なるほど……いわれてみれば連動してしかるべき事象ですね」

「……ふむ」

俺は送られてきた物価を記した物を見つめた。

そして、顔をあげてジジに言った。

「ジジ、覚えておけ」

「は、はい⁉」

「これをする時は過去の数字との比較が重要になる。今後はそうするから、こういう数字の報告が来たときは、比較したい時のものがすぐに取り出せるようにちゃんと覚えておけ。重要な仕事だ」

「は、はい！」

俺に言われて、ジジは拳をぎゅっと握り締め、気合を入れ直した。

「陛下……もしかして気になる物が？」

「ああ」

さすがドンだと思った。

「今、過去の物がすぐに引っ張り出せて比較できたらなと思ったよ。さすがに余の記憶では曖昧なのでな」

「何が気になるのでございますか？」

「これだ」

俺はそう言い、紙切れの一枚をドンに突き出した。

ドンはそれを受け取って、目を通す。

「これは……アルメリアの米の価格？」

ドンの言葉に、俺は小さく頷いた。

169 速さの限界

俺は価格調査の紙をまとめたものを紙に書き留めた。

二枚書いて、片方は自分の懐にしまう。

もう片方をジジに渡して、言いつけをする。

「アルメリアの米が安くなった、次の報告で比較に使う、言われた時に出せるよう覚えておけ。最重要だ」

「は、はい！　覚えます！」

ジジはビシッ！　と全身が強ばるほどの緊張感で、俺からその紙を受け取った。

俺は立ち上がり、歩き出しながらドンに言う。

「少し出てくる。後は任せた」

「アルメリアに人を走らせた方がよいでしょうか」

「そうだな……アルメリアは今でもエヴリンだったな」

「はい、陛下のご家人でございます」

「大事にするな、エヴリンにだけ『変わったことはないか』程度の聞き方をすればいい」

「御意。いってらっしゃいませ」

☆

平服に着替えて、離宮を出て馬車に乗り込んだ。

皇帝用のではなく、皇帝の使いが使う、「それなり」程度の格式の馬車だ。

俺がまだ親征先にあるというのと、密偵に探らせた情報を元に動こうとしているから、今のところ大事にしたくなくて、こういう形にした。

馬車は一直線にバイロン・アランの屋敷にやってきた。

少年時代から何度も来たことのある屋敷。昔と違うのは、俺に連なる紋章を掲げるようになっているのと、昔よりも遥かに豪華な建物になっていることだ。

その正面には当然の如く門番がいたが、俺が乗っているのは「皇帝の使い」が乗るような格式の馬車だ。

御者が門番に二三、何かを告げると門番はあっさりと馬車を通した。

屋敷の母屋の前で馬車がとまって、俺は御者が持ってくる踏み台を待ってから馬車を降りた。

その間に通達がいったらしく、バイロンが屋敷の中から出てきた。

バイロンは俺を見た瞬間、驚愕した顔で慌ててかけよって、その場で跪こうとした。

「陛下のご光臨とは知らず、大変失礼――」

「よい、中で話す」

「ははっ！」

バイロンを止めながら、先に屋敷の中に向かう。

バイロンが慌てて追いかけてきて、自ら俺を案内した。

途中で使用人達に俺へのもてなしのあれこれを指示しながら歩いた。

そうして、これまた何回も来たことのある、屋敷の中でもっとも豪華な応接間に通された。

ひとまず使用人達を全員下がらせて、二人っきりになったバイロン。

改めて、という感じで俺の前に跪いた。

作法にのっとった一礼だった。

「かしこまらずともよい。あの馬車で分かるはず、今日は内々での訪問だ」

「は、はい」

「話がある、まずは座れ」

「ありがとうございます」

俺の許諾を得たバイロンは俺が座るのを待って、テーブルを挟んだ向かいに座った。

「まずはこれを見てくれ」

俺はそう言い、懐に入れていた紙を取り出し、バイロンに渡した。

ジジに渡したのと同じ内容、アルメリアの民生物資の価格表だ。

バイロンはそれを受け取って、目を通した。

紙のメモを見たバイロンは眉間にしわを作り、困惑顔で俺をみた。

「これは……？」

「アルメリアのものだ。品目と数字はそのまま。ここしばらくの市場価格だ」

「ええっ⁉」

驚くバイロン、もう一度メモに目を落とす。

「すごい……私が把握しているものとまったく遜色がない——いいえ、それ以上に詳しい」

「聞きたい事はいくつかある。まずは前提だ。その情報は間違いなさそうか？」

「え、ええ……概ね間違いないかと」

「そうか。米の価格だけ下がっている理由は分かるか？」

「え？」

バイロンは慌ててもう一度メモを見た。

しばらく凝視して、難しい顔で考えるような仕草をした後。

「確かに……昨年のこの時期に比べると価格がはっきりと落ちております」

「……うむ」

「豊作だったのでしょうか」

「その線は薄いと考えている」

「アルメリアからはそう報告されていない」

そもそも豊作かどうかは各地の代官から報告がくる。

中には皇帝の歓心を買うために嘘をついて豊作だと報告する者もいるが、アルメリアの代官はエヴリンだ。

彼女は俺の事をよく知っていて、天候に左右される豊作不作では嘘はつかず、常にありのままを報告してくる。

アルメリア代官エヴリンの報告では、今年の天候は例年通り、豊作でも不作でもないものになっている。

「豊作という吉報を報告しない代官は存在しない。よって豊作ではないはずだ」

「たしかに！」

バイロンは大きく頷（うなず）いた。

このあたり、バイロンも部下を使う人間だから、「報告されない吉報はない」というのは身にしみて分かっていることだった。

「そもそも豊作ではこうはならない」

「それはどういう……？」

「豊作は九割九分、気候に恵まれて起こるものだ」

「おっしゃる通りでございます」

「気候は広範囲にわたるもの。同じ土地での他の穀物の価格にはほとんど変動がなかった」

「え？　……あっ」

「この手のものは幅はあるだろうが、常に同じ傾向で動くものだ。そうだろう？」

「さすが陛下。おっしゃる通りでございます」

バイロンはもう一度メモに視線を落とし、真顔で考えた。

「では……反乱？」

「ゼロではないが、その線も薄いと考える」

バイロンの推測は定番のものといえる。

計画的な反乱や謀反を起こす時、必ずと言っていいほど穀物の価格変動が起こる。

ちゃんと目的があっての判断であればそれなりの規模になるし、それなりの規模の反乱となると食糧を確保する必要がある。

それも「幅はあるが」変動が起こるものだ――が。

「そもそも反乱の場合、下がるのではなく上がるのだろうが」

「あっ……し、失礼しました」

バイロンは慌てて頭を下げて、謝罪した。

通常が使う分よりも多い量を集めるというのは「買い」が多くなるということ。

買いが通常より多くなって、その結果が価格の下落になるというのは筋が通らない。

バイロンは自分の推測が的外れだと、俺の指摘ではっとして慌てて謝ってきた。

「……」

俺は少しバイロンを見て、話を変えることにした。

「まあいい、お前もよく分かっていない。それが分かっただけで収穫だ」

「も、申し訳ございません。少しお時間下さい、すぐに人を出して調べさせます」

「ああ。しかし不便なものだな」

「な、なにがでしょうか」

「『調べさせる』という言葉で思ったが。例えばバイロン、お前がアルメリアに人をやって調べさせるのにどれくらい時間がかかる？　最速でも10日前後はかかるだろう？」

「も、申し訳ございません」

「責めているのではない。余も似たようなものだ。こういう時に思うよ。情報くらい即時にやり取りしたいものだ、とな」

「はい……物品とは違い、簡単な情報であれば鳩なり使えば人や馬よりも早く伝達できますが、それでもアルメリアの距離だと一往復で三日は……」

「うむ」

俺ははっきりと頷いた。

バイロンの言うとおりだ。

伝書鳩で三日、というのは事実上最速だが、それでも遅い。

情報くらいはもっと早く伝達出来るようにしたい。

アルメリアの場合、一往復が一日で出来る様になれば色々と変わる。

「これればかりは……情報の鮮度を大事にする我々商人でもどうしようもないのですから」

「そうだな……むっ？」

頷きかけた俺、バイロンの言葉に引っかかりを覚えて、目を見開いてバイロンを凝視した。

いきなり俺に見つめられたバイロンは慌てた。

「ど、どうなさいましたか陛下？」

「今なんと言った」

「え？」

「情報の鮮度……」

「は、はい。商人にとって情報の鮮度は命よりも大事なことでございます……けど……？」

それが何か？　という顔をバイロンはした。

それ自体は問題ない、まったく問題ない。

商人にとって情報の鮮度は何よりも大事なのは諸手(もろて)を挙げて同意する話だ。

問題は商人がどうこうじゃなかった。

情報の鮮度。

その言葉を聞いて、俺の頭に浮かび上がってきたのは父上の姿だった。

☆

宮殿の中、父上の寝室。

昨晩と同じように、潜入してきた俺は父上の前に立った。

既に二度目という事もあって、また俺ももはや隠していない事もあって。

父上は俺の来訪に驚かなかった。

「商人からは欲しい情報は得られなかったようだな」

さすがの父上だった。

俺がバイロンの屋敷に行っただけじゃなく、その目的も、更にバイロンとのやり取りもすべて把握している様子だった。

俺は小さく頷いて、ため息交じりに言った。

「バイロン・アランはしばらくは使いものにならないでしょう」

「ほう？　情報が得られなかったからか？」

「いいえ、そうではありません。問題はこちらが指摘するまで、昨年の数字の違いに気づかなかったことです」

「ふむ」

「情報の鮮度よりも、前後の数字を目にしていながら相場の変動に気づかなかった。そっちの方が致命的です」

「最近はすっかり子煩悩だと聞く」

「あの歳(とし)で初めての男の子供が生まれればそうもなります」

俺は真顔で言った。

その事自体は悪くない。

悪くない、が。

それだけ子供に夢中になっているということで、将来シンディーを疎む可能性が少し高くなったということでもあると思った。

シンディーは機を見て、俺の配下にする、という形を明確にとった方がいいだろうと思った。

「バイロンの事はもういいでしょう。それよりも父上におたずねします」

「うむ」

「今より早い情報の伝達、父上の方でなにか心あたりはありませんか？」

「何故余に聞く」

「父上はこの帝国でもっとも卓越した情報網を築き上げ、今なお運用しておられます」

俺がバイロンの所に行ってきた事も把握しているのがまさにそうだ。

「俺が今感じている不満なんて、父上は数十年前に通り過ぎているはずだ」

俺はそういって、父上をまっすぐ見つめた。

それが俺がここに来た理由だ。

俺が今の情報伝達の遅さに不満を抱いたのと同じように、父上も情報をあれこれ扱ってきたのなら同じように遅さに不満を抱いたことがあるはずだ。

そして父上がそれに全く何もしようとしなかったのはあり得ないこと。

だから俺はここに来て、父上に直接聞いた。

「……すごいな、ノア」

父上はしばらく俺を見つめ、感心した目で切り出した。

「糸伝話で遊んだことはあるか？」

170　フワワの覚醒

「存在は知っています」

糸伝話、それは耳を覆える程度の容器を二つ用意して、間を糸で結んだもの。

糸がピンと張っている状態であれば、容器の片一方で発した言葉がもう一方の耳に当てた容器に伝わるというものだ。

地面に耳を当てて遠くの音を聞いていた者が、あるとき思いついたのが起源とされている。

「それを発想の起点として、色々試した。遠い距離の場所に伝えるのだ、かなり長い糸——必然的に綱になるが、それであれこれと試した」

「綱を使って伝達をするという事なのですね」

「そうだ。最初は音を通そうとしたが上手くいかなかった。そこから動きだったり、ねじれだったり、あれこれを試してみたが、どれもこれも上手くいかなかった」

「熱——もダメでしょうね」

「すごいなノア。余がそれを思いついたのは糸伝話であれこれ試してから半年たった頃だ」

「父上がそこまで試したのだから、結果的にまったく使いものにならなかったということでしょうか」

「そうだ。問題点は二つある、一つは長くなればなるほど伝わりにくくなる、途中で影響を受けやすくなる。糸伝話は糸の途中を指で摘まむなりすればもう音が伝わらない」

「長距離にはまったく向きませんね」

「そうだ、どうにかして伝わったとしても曖昧になる。もっとはっきりと、白黒つけるくらいのはっきりとした伝え方でなくては使いものにならぬと思った」

「白黒つける……あっ」

「どうした」

「……御前、失礼します」

父上はうむ、と頷いた。

そして「なにをするんだ?」という顔で俺をみた。

俺は手をかざした。

親指にいつもつけている指輪を、フワワの力と混ぜて糸を作った。

「わかりやすく」するために、小指ほどの太さで、肘から指先ほどの長さの糸を作った。

「それをどうするのだ?」

「こうします」

俺はそう言い、フワワに命じた。

すると、白色として作った糸が、一瞬にして真っ黒になった。

「ほう!」

父上が声を上げた。

感心した声だ。

「なるほど、それならばはっきりと伝わる」

「はい、白か黒か、これならば曖昧になりようがない。伝える内容も――」

「暗号表をあらかじめ作ればよいな。黒と白の組み合わせ――文字ではなく言葉の音なら、20パターンもあればとりあえずの文章が作れる」

「はい」

「すごいぞノア。そうだ、そういうのを余は最終的に目指したが実現の目処が立たなかったのだ」

父上に褒められつつ、俺はフワワの糸を見つめた。

これのいいところは俺の手から離れたフワワの力がある程度他の人間にも使えることだ。

今でも、「フワワの箱」は与えた人間だけが施錠できるようにしている。

それにくらべれば、黒と白の二色の変化など造作もないことだ。

――が、しかし。

興奮したのも一瞬だけ、俺はすぐに問題点を見つけた。

フワワに命じて、この糸をとにかく「伸ばして」もらった。

糸はどんどん細く長くなっていき――父上の寝室、上皇の広い寝室を一周した程度で切れてしまった。

「むっ……」

眉をひそめ、呻いた。

広い寝室を一周した、糸としては長い部類に入るが、俺と父上が望んでいた超長距離——拠点間に使うには全然足りない。

「それだ」

「え？」

「問題点は二つあると言っただろう？　もう一つは根本的な話で、街と街をつなぐほどの長い物が作れなかったのだ」

「はい……」

俺は重々しく頷いた。

さすが父上だ、この問題点もやはり父上が通ってきた道のようだ。

だが、問題点の二つのうち、一つは解決した。

しかも白黒つけるという、考え得る限り最高の解決法を編み出した。

これをどうにかして実用化まで持っていきたい、そのためには長くしたい。

『それなら』

「——っ！」

ぱっ、と明後日の方をむいた。

一瞬聞こえてきた声に驚いたが、すぐにはっとした。

それは今までもあったこと。

今までで何回もあった出来事。

『私の力がほしい？』

「……ああ、ほしい」

「……」

声の主に応じた。

視界の隅で父上が一瞬驚いた顔をしたが、さすがは父上で、すぐに沈黙をまもって見守る姿勢に入った。

俺は声の主に集中した。

『じゃあ私の名前を呼んで。できるかしら、私の名前は少し難しいよ』

「……なるほど、確かにすこし難しい。お前のイメージらしくない」

『むかしの言葉では光を意味していたのだけどね。さあ、読んでみなさい』

「ああ……ふわわ――いや、フンババ！」

その名を呼んだ瞬間、俺の体が光った。

俺に中に宿っているフワワの力があふれ出した。

バハムート、リヴァイアサン、ベヒーモス、それらと同格の存在、フンババ。

かつて絵画の中に閉じ込められていたといわれる美女は、更に美しく、気高いオーラをもった女神のような風格になって現れた。

名前：ノア・アララート
帝国皇帝
性別：男
レベル：17＋1＋1／∞
HP　C＋S　火　E＋S＋S
MP　D＋A　水　C＋SSS
力　C＋SSS　風　E＋C
体力　D＋A　地　E＋S
知性　D＋SS　光　E＋S
精神　E＋S　闇　E＋B
速さ　E＋S
器用　E＋S
運　D＋A

視界の隅にある「地」の＋分が格段と上がったのがちらっと見えた。

目の前に現れた女神のような風格の女、フンババに問いかけた。

「力を借りれるか、フンババ」

『喜んで』
フンババは婉然と微笑みながら、手をかざした。
すると直前に失敗した、途中で切れたフワワの糸が浮かびあがった。
糸はいったんひとかたまりになってから、ゆっくりとまた糸状になっていく。
今度は小指くらいの太さを保ったまま伸びた。
伸びて、伸びて、伸び続けた。
父上の寝室を十周するほど伸び続けた。
そして——。
「白と黒は？」
『もちろん』
俺のリクエストに応じて、糸が白から黒、黒からまた白と切り替わっていった。
これならば——と思った。
父上の方をむいた。
父上は驚きながらも、笑顔を浮かべていた。
「すごいな、ノア。それはリヴァイアサンやバハムートらと同じ存在なのだな」
「はい、その通りでございます、父上」
俺ははっきりと頷いた。
リヴァイアサン、元はレヴィアタン。バハムート、元はルティーヤー。

いずれも帝国所蔵の宝物で、父上もよく知っている存在だ。

「それらの存在をここまで自在に使役するとは――いや、それも今更だな」

父上はフッと笑いとばして、改めて、と糸を見た。

「これは量産は出来そうなのか？」

「おそらく」

「何かに触れられて影響は出そうか？」

「どうなんだ？」

父上が呈した疑問をそのままフンババに聞いてみた。

『糸を摘まれた程度で影響を受けるようなヤワな代物じゃありませんよ』

「どうやら大丈夫らしい」

『ならば地中に埋めるといい。長さに融通が利くのなら地下を通った方が破壊工作などから守れる』

「ありがとうございます、父上」

俺は深々と頭をさげた。

さすがこのやり方をずっと試されてきた父上だ。

今できたばかりの糸に対してすら、活用法を父上は示されてきた。

きっと、上手くいく形があれば地中に埋めるやり方をずっと考えてきたのだろうと想像に難くない。

ならば俺はどうする？　どうやればこれを更に活用できる？

父上ほどではないだろうが、俺もこれについて色々とやりたい事を思いついた。

「ゆけ」

「え？」

「鉄は熱いうちに打て、だ」

「ありがとうございます。御前、失礼します」

「うむ」

俺はもう一度深々と頭を下げてから、父上に送り出されるような形で寝室から退出した。

フンババを引き連れるような形で、大股で廊下を進みながら色々と考える。

革新的だ。

帝国は更に飛躍する。

俺はそう確信していた。

☆

ノアが退出した後の寝室で、上皇は寝台の上から、窓の外に目をむけた。

その表情は満足げだったが、その満足した様子と引き換えに、この一瞬で格段と老けて見えた。

満足した上皇は、何かが抜け落ちたかのように、年相応の老け方になった。

彼は枕元（まくらもと）にあるベルを手に取って、それを鳴らした。

すぐにドアが開いて、一人の男がやってきた。

使用人ではなかった、同じく老齢の、元第一宰相ノイズヒルだった。

「お呼びでしょうか、陛下」

「うむ」

上皇は頷き、ノイズヒルはドアを閉めてそばにやってきた。

そのノイズヒルに向かって、上皇は静かに一言。

「最期の命令だ」

「…………はい」

171 二度目のこと

オスカーの屋敷、応接間の中。

俺とオスカーの二人の前に、一つの球状の物体があった。

物体は水晶玉のようにローテーブルの上に置かれていて、部屋の外から伸びてくる糸と繋がっている。

糸と玉は一定の間隔で色を切りかえていた。

オスカーはその色の変化を読みあげつつ、記録していた。

「黒黒白黒、黒黒黒白、黒白黒黒、白白白白――と、確か全部白が終了の合図でしたね」

「そうだ。今までのものをその暗号表に当てはめてみるとどうなる?」

オスカーは自分が書き留めたものと、俺があらかじめ渡しておいた表を交互に見比べた。

「こんにちは、げんきです――おお!」

簡単な文章だが、オスカーは感動した声をあげた。

「本当に文章になっていますね」

「うむ。ちなみにこれは余の離宮と繋がっている」

「陛下の離宮ですと――早馬で約十分といったところですね」

「何か簡単な文章でも送ってみろ」

「分かりました……では」

オスカーは少し考えて、水晶玉もどきの下にある、二つの小さな球にふれた。

玉は黒と白の二色で、それに触れば玉と糸が同じ色に変わる仕掛けだ。

はじめてゆえに、オスカーは暗号表とにらめっこしながら文章を送った。

玉と糸が白黒と切り替わっていき、オスカーが手を離したあともまた同じようにころころと変わった。

『だれ？』

『ドン』

『第一宰相ですか』

『ああ、テストに付き合ってもらっている』

「これは……これはすごいですよ、陛下！」

オスカーは興奮気味に言った。

兄弟付き合いから君臣の間柄になって、その間、足掛け数十年。

オスカーから聞いた中で一番感情むき出しの、興奮した「すごい」だった。

「文面の長さにもよりますが、十分かかるところを一分足らずでできるなんてすごすぎます」

「この距離だから恩恵は薄いが、街と街ほどの距離であってもこの速さで伝えられる」

「これをうまく使えば代官を必要としなくなります」

「内政屋らしい発想だな。とはいえ現地に情報をうまく取捨選択する人間を置く必要がある」

「たしかに」

「今までは統治能力に優れた者でなければならなかったが、これがあれば操(あやつ)り人形でもよくなる」

「革新的ですよ」

「これについて、ヘンリーの意見も聞いてみたいところだ」

「そうですね。私は専門外ですが、戦場では後方以上に情報の伝達が大事なことはわかります」

「うむ」

俺は頷(うなず)き、オスカーの意見に満足した。

フンババの糸が実用化レベルになったから見せに来たが、オスカーの反応は満足いくものだった。

「これをお前に見せた理由は二つ」

「はい」

オスカーは改めて、という感じで居住まいを正して、俺と向き合った。

この糸が革新的な技術であるのはオスカーが自分でも言っていることで、そうなると皇帝(俺)から内務王大臣(オスカー)にする話は帝国のこれからを左右する大事な話だ。

それを瞬時に理解し、オスカーは相応の振る舞いをした。

「一つはこれを各地につなげる。そのためには暗号の扱いに長けた者の選抜をしなければならない」

「御意、お任せ下さい」

「同時に暗号を作り直す。今のはあくまで急ごしらえだ。もっと効率がいいか、わかりやすい暗号が作れるはずだ」

「あくまで白と黒の切り替えで考えればよろしいのですね」

「そうだ」

「お任せ下さい」

オスカーは深々と頭を下げて、俺の命令を受けた。

暗号の作成、これは現場の人間が使いやすくするのが一番だから、俺が出しゃばらない方がいい。

「そしてもうひとつ、こっちの方が大事だが、急ぎの話ではない」

「……どういう事でしょう」

「これと同じものを開発することだ」

「これと同じというのは……」

「遠距離に白黒、あるいはありなしといった、二元的な情報をおくる手段だ」

「同じものを開発する、ということですか？」

「ああ」

「なぜでしょう」

理解に苦しむ、という顔をするオスカー。

当然の反応だろう。

フンババの糸がこうして実際にあるのに、まったく同じものを別に開発しろという事には疑問をもって当然だ。

「これは上皇陛下の知識を受け継いで作ったものだ」

「さすがでございます」

「まだ気付かないか？」

「何にでしょうか」

「余は上皇から受け継いだ」

「…………あ」

少し考えてオスカーはハッとした。

「これを……次の陛下に引き継げない？」

「そうだ」

俺ははっきりと頷いた。

「フンババはあくまで余に臣従している。一応聞いてはみたが、余が命じれば新帝には従うと言われた」

「あくまで陛下にだけ、ということですね」

「そうだ、それは最悪余が死ねば――ということでもある」

「それを聞くと、とてつもない毒林檎にしか見えなくなりました」

オスカーはげんなりして、俺は頷いた。

革新的に便利な技術なのは間違いない。

それに十年二十年かければ世の中に浸透して情報伝達の有り様を根底から覆（くつがえ）せるのは確実だ。

が、それがもし、引き継げない、後世に伝達されない技術であったのなら。

俺が死んだ途端、技術は数十年後戻りしてしまう。

「便利なものに慣れすぎたら戻れなくなりますね」

「そもそも戻れないだろうな」

「それは……どういう意味で？」

「これをつなげていけば、早馬も伝書鳩も無用の長物になる」

「そうですね」

「まだわからないか？」

「え？　あっ、そうか、数十年も不必要だった技術、間違いなく失伝します」

「そういうことだ」

「すごいです陛下、そこまで想像を巡らせていたなんて。私なんてこれの素晴らしさで頭がいっぱいでした」

「素晴らしい技術なのは間違いない。余は出来るだけ長生きするから、それまでに同等のものを開発できればいい」

「はい」

「金に糸目はつけない。官、民。どこからでもいい」

「そうであれば、コスト削減の改良、という名目の方が開発がしやすいでしょう」

「任せる」

「はっ」

二つの命令をオスカーに伝えて、俺は一息ついた。

次は各地の州都と帝都をつなげて、実際に運用したらどういう感じになるのか試してみよう。

今ある従来の伝達の仕方は当面残しておいて、並行しながら使っていこう。新しい問題点が出てくるかもしれないし、問題にならずとも改良点が見つかるかもしれない。

色々とやることが山積(さんせき)だが、上手(うま)くいった暁(あかつき)に帝国はワンランク上へ飛躍するであろうという確信がある。

そのためにはまず――。

「――っ!!」

俺は息を飲んだ。

自分でも分かるくらい顔が強(こわ)ばった。

視界にある物の異変が目に入ってきたからだ。

「陛下？　どうかしましたか？」

「……」

「陛下？」

オスカーは不思議そうな顔で俺の顔をのぞきこんだ。

「……オスカー」

「は、はい」

「帝都にいる親王を全員集めろ。いや、いないのはだれだ」

「えっといないとなりますと、ヘンリー兄上とダスティンの二人ですが」

「ダスティン？　どこにいるんだ？」

ヘンリーは言うまでもなく「親征中」だからわかるが、ダスティンがいないのはどういう事なのか眉をひそめて聞き返した。

「ええ、なんでも5人目の側室のおねだりで故郷に連れて行ったとか」

「そうか」

腹は立たなかった、それもダスティン一流の韜晦の仕方だから殊更に腹は立たなかった。

が。

「今すぐ呼び戻せ」

「ダスティンをですか？」

「そうだ、戻ってこなければ処罰する――原文を伝えていい」

原文を伝えていい。

皇帝の言葉そのまま伝えるということはかなり重要な事、誤解の余地を残さないようにするためのやり方だ。

そこまで行くと、オスカーにも「何かが起きた」というのが伝わった。

オスカーは顔を強ばらせながらも頷いた。

「御意。他にはございませんか」

「とにかく親王――兄弟を全員集めろ」

「ヘンリー兄上は？」

「余が行く」

「……御意。ご無理は――」

オスカーの言葉を最後まで聞き終えることなく、俺は部屋から、屋敷から飛び出した。

さっきから見えているもの。

生まれた時、ノアに転生したときからずっと見えていたもの、俺だけのステータス。

名前：ノア・アララート
帝国皇帝
性別：男
レベル：17＋1＋1／∞

HP	C＋SSS	火	E＋SSS
MP	D＋SSS	水	C＋SSS
力	C＋SSS	風	E＋SSS
体力	D＋SSS	地	E＋SSS
知性	D＋SSS	光	E＋SSS
精神	E＋SSS	闇（やみ）	E＋SSS

速さ　Ｅ＋ＳＳＳ
器用　Ｅ＋ＳＳＳ
運　　Ｄ＋ＳＳＳ

そのステータスに異変が起きていて。

それはかつてに一度だけあった異変で。

俺は、ある事を悟ってしまった。

「ジズ‼」

ジズの翼で一直線に宮殿に飛んできた。

同時に意識そらしの技もつかって、宮殿内に潜入する。

宮殿の中は慌ただしかった。それで悪い方の想像が当たったのだろうと半ば確信した。

更に進んでいくと聞いた事のある声が聞こえてきた。

聞き慣れたしわがれた声、三十年間第一宰相をやっていたノイズヒルの声だ。

「今入れた医師たち、私の命令がない限り外には出すな。ここにいるもの達も全員口を閉ざしておけ。余計な事を一言でも喋(しゃべ)れば首を刎(は)ねるぞ」

「は、はい」

ノイズヒルの命令に、怯(おび)えながらも応じたのは特徴的な甲高さを持つ、宦官(かんがん)の声だった。

宦官の声は強い命令を受けての怯えだが、ノイズヒルの口調にも何かに対する怯え、そして焦りがあった。

「……今から文書にしたためる。すぐに陛下に届けろ」

「陛下……ですか？」

「なんだ？　何か問題でもあるのか？」

「いえ……陛下ですと親征先ですが、早馬はどのレベルで」

「……そうだった」

ノイズヒルはそう言い、舌打ちをした。

目の前の宦官にむけたものではなく、己が不明に向けた類いの舌打ちだ。

俺は公式的には遠征先にいる、が、実際は帝都に戻ってきている。

たぶんノイズヒルはそれを知っていて、俺に連絡を取ろうとしたんだろうが、一介の宦官の認識では俺はまだ親征先にいる。だから早馬のレベル――どれくらい急がせるのかを聞き返した。

陛下は実は帝都に戻ってきている――なんて事をいえるはずもなく、という感じでノイズヒルが「うーんうーん」唸る声が聞こえてきた。

もう間違いない。

状況は「最悪の一歩手前」くらいだ。

本当に「最悪」なら、ノイズヒルほどの男なら逆に落ち着き払っただろう。

そうじゃないってことはまだその一歩手前だってことだ。

最悪――。

それをはっきりと頭の中で想像出来た。

父上の崩御。

昨日会ったときは小康状態とはいえ、往年の父上からすればかなり弱っているのは確かだった。

それに加えてかなりの高齢でもある。

急変したとしてもおかしくはない。

おそらくは容体が急変して、医師を招き入れたが情報統制のため入れるが出さない、という感じになっている。

俺は少し考えた。

今、俺がすべき事――。

そう考えて、俺は窓から空を見上げた。

☆

ジズの翼をはためかせ、魔力を纏いながら、俺は空を飛んでいた。
何も障害物のない空を、超特急の早馬の倍は速い速度で飛んだ。
「もっとだ、もっと急げ」
俺の意志に呼応して、ジズは更に飛行速度をあげた。
体が軋む。
早馬の倍ということは、向かい風も倍以上ということだ。
その風だけで体がちぎれそうになって、風圧だけでも皮膚が裂けた
俺は手足をまっすぐ伸ばし、できるだけ体にぴったりくっつける。
まるで一本の棒になるように意識して、風圧の影響を最小限にとどめておくように。

それでも風圧はかなりのもので、前方で風をうける肩が大きく裂けて、刀で斬りつけられたかというくらいの出血になった。

血が弾け、後方に飛んでいく。

「……っ。速度をおとすな」

俺は痛みをこらえつつジズに命じた。

肩の出血、主の負傷を気にしたジズがわずかに速度を緩めたのに気づいたからだ。

それをやめるように言いながら、ポーションを取り出した。

風圧で裂けた肩にポーションをかけた。

みるみるうちに傷が治っていく――が。

今度は反対側も裂けた。

さっき以上に大きく裂けて、同時に風圧で弾けた鮮血が顔にかかった。

ポーションをもう一本取りだして、ぶっかける。

傷はすぐに治ったが、痛みは引かなかった。

そして、ポーションの残りも少ない。

が、この先足りるのかどうか――なんて事を思う余裕はまったくなかった。

ノンストップで空を突き抜けて、やってきたのは親征軍の駐屯地だった。

見覚えのある天幕の横に着陸して、そのまま中に入った。

「ヘンリー！」

「陛下⁉」

天幕の中にいたのはヘンリーだけではなかった。

もう一人、ニールもそこにいた。

ニールはヘンリーに跪いて、申し訳なさそうに頭(こうべ)を垂れていたが、二人とも俺が現れた事で驚愕(きょうがく)していた。

「な、なぜここに？　いつ戻られたのですか――」

「話はあとだ、ついてこい！」

「え？　は、はい」

「ニール！」

「はっ！」

「軍を預ける。今度は手綱をしっかり取れ」

「は、はい⁉」

ニールは頷(うなず)きかけたが、直前で事の大きさに気づいたのか慌てだした。

「話してる暇はない。ヘンリー、来い！」

「はい……」

訝(いぶか)しむヘンリーを外に連れ出して、抱きかかえて再びジズの翼に飛びのった。

ジズの力はさすがだというべきか、二人になってもほとんど同じ速度だった。

「す、すごい……まさか空を飛べるなんて……」

「……」

「陛下？　これは一体――」

「上皇陛下が危篤だ」

「――っ！」

俺の腕の中でヘンリーが息を飲んで、体が強ばった。

「おそらく今際――で間違いないだろう。間に合うには俺が来るしかなかった」

「私を間に合わせるために？　分かりますが、どうして……」

どうしてそこまで、というヘンリーの心の声までしっかりと聞き取れた。

父上の危篤、超特急の早馬で呼び戻すのなら普通だが、皇帝である俺がこうして自ら、そして必死に連れ戻しに来るのは普通じゃない。

その事を不思議に思った。

「ギルバート、そしてアルバート」

「――っ」

「父上は二人の息子を先に失ったことを常に悔いていた。だから……せめて今際の際には残った全員が健在な姿を見せたい」

「……はい――くっ！」

腕の中でヘンリーが苦悶のうめきを上げた。

みると、俺に抱きかかえられているせいで体勢が崩れて、首がより風を受けたのかそこが裂けた。

ポーションを取り出した、ヘンリーに使った。

首の出血という本来危険なケガだが、ポーションで事なきを得た。

体全体が欠損したらどうしようもないが、切り傷やそれに類するものなら、首だろうが太ももだろうが、そういう本来は致命傷になるものでもまったく問題はなかった。

「ありがとうございます！　陛下」

「口を閉じてろ。ジズ、もう少し速度をあげられるか？　――いいからやれ！」

ジズは「これ以上は本当に危険」と返事してきたが、俺は構わずにやれと叱責(しっせき)した。

一呼吸の間があいて、飛行の速度が更にあがった。

「うっ……ぐうぅ……」

腕の中のヘンリーはしんどそうだった。

ヘンリー以上に風を受けている俺ももちろんしんどかった。

だが、速度は緩めなかった。

一分一秒でも早く帝都に帰り着くよう、俺はヘンリーにポーションをありったけかけ続け、ジズの最高速を維持したまま飛んだ。

そして――。

☆

宮殿の中庭に着地した。

足元がおぼつかないヘンリーを叱咤激励して、一緒になって宮殿の中に入る。

「へ、陛下⁉　それに第四殿下⁉」

「道を空けろ！」

驚愕する女官や宦官達を押しのけて、廊下を進んでいく。

ヘンリーと一緒に廊下をすすんで、父上の部屋に向かう。

仰々しくも見慣れた扉の前にやってきた。

普段はまわりの人間に任せて、皇帝自ら手をかけないものだが、俺は迷いなく扉を押してあけた。

「みんな――」

中には「全員」いた。

オスカー以下、親王――父上の息子が全員来ていて、部屋の中にいた。

旅先にいるはずのダスティンも真顔でそこにいた。

「陛下……兄上……」

「間に合ったか？」

「ええ、たぶん」

やや歯切れの悪いオスカーに頷きつつ、首だけ振り向いてヘンリーに合図をする。

そして一緒に、父上が横たわっているベッドの前にやってくる。

この短い間で、父上は更にやつれ、痩せこけていた。

門外漢が見てもはっきりとした死相が出ていた。

父上は目を閉じたまま、呼吸が浅く、不規則になっていた。

俺は近づき、見守っている医師を手で押しのけつつ、父上の耳元でささやいた。

「父上、ノアです」

「……」

「ただいま戻りました。ヘンリーもいます……みんな揃ってます」

「父上！」

ヘンリーが父上を呼んだ。

浅い呼吸の中、父上はゆっくりと目を開けた。

濁っていた瞳に少しだけ光がもどって、焦点が合い、俺に、そしてヘンリーに移った。

「……うむ」

最後に絞り出すように微笑んで、父上はそのまま目を閉じた。

やがて息がどんどん細くなっていき――――。

「「父上!!」」

その場にいる兄弟達が一斉に叫んで、跪いた。

六十年以上、帝国に君臨してきた父上が崩御した、その瞬間だった。

「……」

ヘンリーを間に合わせて良かった、という安堵感があった。

同時に、あのままヘンリーを迎えに行かずに来ていれば、父上からなにか最後に一言頂けたのだろうか、という後悔もあった。

それはどうしようもなかった。

過ぎたことだし、人間、そうなにもかも全(すべ)て手に入れる事は出来ない。

たとえ皇帝の身であっても。

だから――。

「なに⁉」

指輪が光った。

子供の頃に入手してから、俺の親指にずっとあった指輪が光った。

今まで見たことのある、しかし見たことのない光だった。

『最後に少しだけ時間をあげる』

「……時間を」

『別れを言うくらいの時間は。さあ、僕の名前を』

「……感謝する。アポピス、いや、アペプ」

名前を呼んだ瞬間、毒を司(つかさど)るアポピスが本来の姿に戻った。

一際(ひときわ)強い光が放たれ、それが俺の前に凝縮した。

凝縮したものは極彩色(ごくさいしき)の、一目で分かるほど毒々しいしずくになった。

俺はそれをまったく躊躇(ちゅうちょ)することなく飲み込んだ。

一瞬で、意識が途切れた。

☆

目覚めると、そこはこの世ならざる場所だった。

まわりは霧のような、雲のようなもので充満している。

そんな事はどうでも良かった。

ここがどこかなんてどうでもよかった。

なぜなら、視線の先でずっと見てきた背中を見つけたからだ。

「父上!!」

「むぅ?」

ゆっくりと歩いて行く父上は呼びかけに応じて、立ち止まって振り向いた。

そして俺の姿を見た瞬間、おどろいた。

「ノア……なぜここに？　今すぐもどれ、ここは——」

「理解しています。死を司るアペプが、最後に少しだけお話しする時間をくれました」

「——ふむ、そうか」

父上は頷き、柔和(にゅうわ)に微笑んだ。

「すごいなノア。こんな形で遺言を求めてくることなど聞いた事もない」

「父上」

「余はいい息子をもった。余の人生を丸ごと受け継いで、更に昇華させていける素晴らしい息子をもてて、幸せだった」

「もったいないお言葉」

「心残りがあるとすれば」

「はい」

俺は一度頭をさげたが、顔をあげて父上をまっすぐ見つめた。

父上の心残り。

それがもしあるのなら、叶えるために聞きに来たのだから、改めて来てよかったと思った。

――が。

「お前に期待をしすぎたあまり、皇帝としてしか接することができなくて、普通の父親としての愛情を注げなかったのが心残りだ」

「父上……」

「オスカーまでは、一度や二度くらいは膝の上で遊ばせていたものだ」

「……俺は、俺こそ父上で良かった。本当に、そう思う」

「そうか。ならばもう言うことはない」

「はい」

「好きにやれ、余を歴史に詰め込んであとはノアの好きにやれ」

「わかりました」

「ではな」

父上はそう言い、きびすを返して歩き出した。

今度こそ本当に——と思ったが。

父上は何かを思い出したかのように足を止めた。

立ち止まったが、振り向かず、背中越しに言ってきた。

「これはあくまで独り言だが、余がもうひとつ模索していたが糸口すら見つからなかったことが一つある」

「……」

俺は相づちをうたなかった。

父上が「独り言」だというからには、相応の理由があるはずだからだ。

「余は孫で後継ぎを決めた。いい孫は三代連続の繁栄を確約する。しかし途中までは、『いい孫がいなければ自分が孫に生まれ変わるしかない』と思っていた」

「——っ!」

「結局は見つからなかった事を、糸伝話で思い出したよ」

「……」

それで言い終えたのか、父上は再び歩き出した。

俺は無言のまま父上の後ろ姿を見つめ、最後は直角に腰を折って、深々と頭を下げたのだった。

☆

「――下、陛下!?」

「――っ！」

まわりを見ると、父上の寝室の中だった。

オスカーの顔がすぐ目の前にあって、俺を心配そうにのぞきこんできていた。

「あっ、大丈夫ですか陛下？」

「心配ない。むっ」

頬(はお)を伝う涙の存在を感じた。

最後に父上を見送った事であふれ出した涙みたいだ。

俺はそれを拭わずに、オスカーに命令した。

「葬儀はオスカー、お前に全て任せる」

「はい。先帝陛下の諡号(しごう)はいかがなさいますか？」

「知徳に優れ、数多くの皇帝の中でも第一人者であった父上だ。聖帝でいいだろう」

「御意」

頭を下げるオスカー。

まわりの親王たち、兄弟たちが父上の死に悲しむ中、俺はその場でオスカーに色々と命じて、あれこれ決めていった。

新しい時代が来る。

その証拠に、いつも隅っこで見えているステータスが更に変化した。

名前：ノア・アララート
帝国皇帝
性別：男
レベル：19／∞
HP　SSS　火　SSS
MP　SSS　水　SSS
力　SSS　風　SSS
体力　SSS　地　SSS
知性　SSS　光　SSS
精神　SSS　闇　SSS
速さ　SSS
器用　SSS
運　SSS

生まれた時から見えていた「＋」の表示が一切なくなった。

それは帝国の全てが俺のものになった、という証であると感じた。

父上から譲り受けた、帝国の全て。

『見ていて下さい、父上』

この力で帝国をもっともっと繁栄させ、父上が最後まで晩節を汚さなかった最高の名君であると証明する。

俺はそう、改めて。

生涯をかけてそれをやっていこうと、決意したのだった。

あとがき

人は小説を書く、小説が書くのは人。


皆様初めまして、あるいはお久しぶり。

台湾人ライトノベル作家の三木なずなでございます。

この度は拙作『貴族転生～恵まれた生まれから最強の力を得る～』の第8巻を手にとって下さり誠にありがとうございます！


皆様のおかげで、第8巻を刊行することが出来ました。


B6判の第8巻というのはなずな自己ベストです。刊行しているB6のシリーズで最長のものとなりました。

比喩ではなく、皆様に支えられての最長寿シリーズとなりました。

改めて、心より御礼申し上げます。

数年前にSNSで見たものですが、その人はとある映画を見に行って、期待通りでものすごく満足したそうです。その時のたとえが「ラーメン屋にいってラーメンが出てきた」というものでした。ラーメン屋に入って三つ星レストランのフレンチ料理が出てきたとしても必ずしも嬉しいとは限りません、なぜならラーメン屋に自ら入ったからです。

シリーズ作品はそれと同じで、継続してお手にとって下さる方はそれまで読んできたものに何らかの期待をもって、それが出てくることを期待してまたお手に取って下さるのだと思っています。

この『貴族転生』では、ひたすらノアを「すごい！」と褒めるのがそれに相当すると考えています。

ですので、今回もひたすら「ノアすごい」を繰り返しました。某猫型ロボットが毎回必ず何かしらの秘密道具を出すのと同じ感覚で、毎回誰かしらに「ノア様すごい」と言わせました。

飽きることはあっても、期待外れはしない。

その思いでこの第8巻をかかせていただきました。

それはつまり今までの方は安心してお手にとって頂けるのと、これがはじめての方も安心して第一巻からお手にとっていただけるという事です。

最後に謝辞です。

イラスト担当のｋｙｏ様、オードリー最高でした！。

担当編集のＯ様、今回は色々とありがとうございました！

８巻の刊行の機会を与えて下さったＧＡノベル様。ありがとうございます！

本シリーズを手に取って下さった読者の皆様方、その方々に届けて下さった書店の皆様。

本書に携わった多くの方々に厚く御礼申し上げます。

次巻刊行の可能性を祈りつつ、筆を置かせて頂きます。

二〇二三年二月某日　なずな　拝

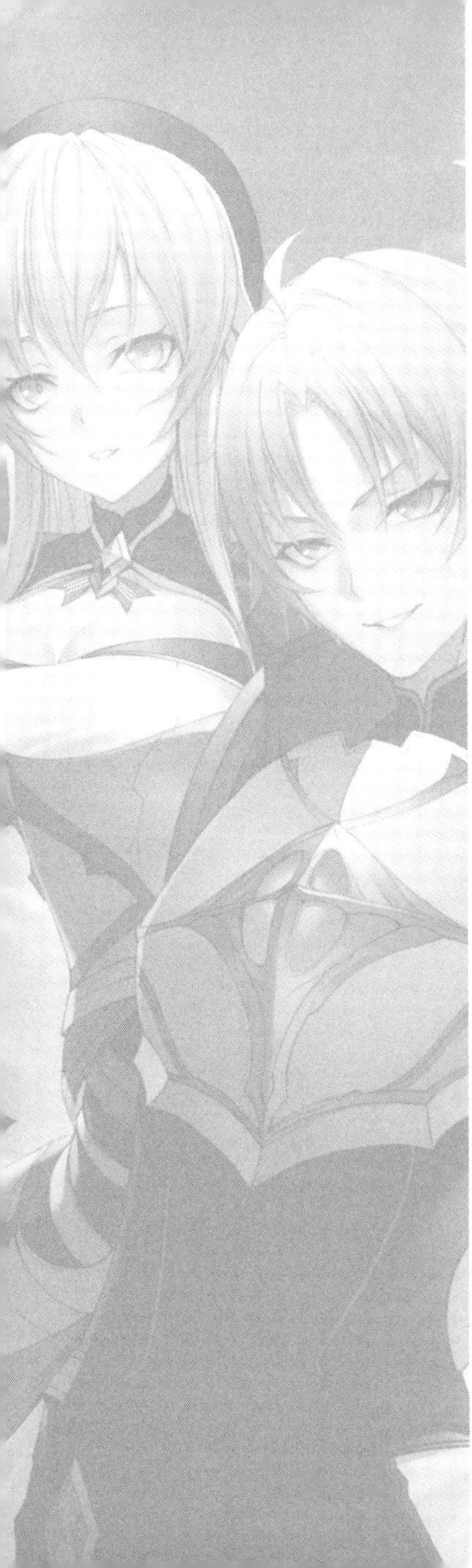

貴族転生 8
～恵まれた生まれから最強の力を得る～

2023年3月31日　初版第一刷発行

著者　三木なずな
発行人　小川 淳
発行所　SBクリエイティブ株式会社
〒106-0032　東京都港区六本木2-4-5
03-5549-1201　03-5549-1167(編集)

装丁　AFTERGLOW
印刷・製本　中央精版印刷株式会社

ISBN978-4-8156-1762-2
Printed in Japan

ファンレター、作品のご感想をお待ちしております。
〒106-0032　東京都港区六本木 2-4-5
SBクリエイティブ株式会社
GA文庫編集部 気付

「三木なずな先生」係
「kyo先生」係

本書に関するご意見・ご感想は
下のQRコードよりお寄せください。
※アクセスの際に発生する通信費等はご負担ください。

ナナがやらかす五秒前

著：白石定規　画：92M

「私のやらかしを当ててみて？」　常にテンションMAXな暴走系ボケ役のナナ。

「やだよ面倒臭いし」　隠れオタク系ギャルでツッコミ役のユカ。

「ばか。頭の中身がサファリパーク」　脅威のIQを誇る無気力系不思議ちゃんのシノ。


個性あふれる女子高生たちが辛口店主、Vtuber、謎の犯罪組織、異世界人、幽霊、神様たちと織りなす、驚愕の日常を一緒に観察しませんか？

部活、バイト、オタ活、動画配信、肝試し、テスト勉強と楽しい日常イベントが満載です。

『魔女の旅々』シリーズ著者・白石定規の最新作、さっくり楽しめるガール・ミーツ・ガール連作短編集!!

魔女の旅々 20

著：白石定規　画：あずーる

あるところに一人の魔女がいました。名前はイレイナ。長い長い、一人ぼっちの旅を続けています。

今回、彼女が出会う方々は――。

魔物を狩って食材として使う流浪の料理人、いがみ合う山の国の兵士と海の国の兵士たち、自分に自信が持てないが心優しい女性、怪しげな建造物で暮らしている青年、引退した高名な占い師と熱烈なファン、そして、人類を知るために旅をする謎の生物……。

「あなたも旅をすればきっと分かりますよ」

時に戦い、時に導き、旅の魔女は「別れの物語」を紡ぎます。